d

Magdalen Nabb

Finchen im Winter

Mit Bildern von Karen Donnelly
Aus dem Englischen von
Ursula Kösters-Roth

Diogenes

Titel der 1999 bei
HarperCollins Publishers Ltd., London,
erschienenen Originalausgabe:
›Josie Smith in Winter‹

www.diogenes.ch
60/00/6/1
ISBN 3 257 00865 1

Inhalt

Finchen im Regen

Seit Tagen regnete es nun schon. Pausenlos. In Strömen rann das Wasser die Straße hinunter, floss spritzend und glucksend in die Kanalgitter, wusch die schwarzen Sockel der Häuser und machte weder vor Türleisten noch vor Fußmatten Halt. Die dicken Tropfen klopften unablässig gegen die Fenster und drangen sogar durch die Hauben der Kinderwagen.

Am Samstag Nachmittag schob Finchen einen Stuhl an das Fenster, das zur Straße ging, und kniete sich darauf, um Passanten zu beobachten. Es kamen nicht sehr viele an ihrem Haus vorbei, denn es regnete, und es war sehr kalt und windig.

Alle trugen Schirme, schwarze oder dunkelgrüne, manchmal auch geblümte oder karierte. Die Leute gingen eilig vorbei, mit gesenktem Kopf, und hielten die Schirme so vor sich, dass der Wind ihnen nicht den Regen ins Gesicht fegen konnte. Alle trugen Regenmantel und Gummistiefel, Handschuhe, Mütze und Schal. Diejenigen, die keinen Schirm hatten, duckten sich in die hoch gestellten Kragen und vergruben die Hände tief in den Taschen. Sie wurden trotzdem nass.

Fast alle hatten die Grippe oder eine schlimme Erkältung. Andere hatten Bronchitis. Finchen war gesund. Früher bekam sie oft Halsweh, aber dann hatte sie sich die Mandeln herausnehmen lassen, und nun konnte sie sich höchstens noch erkälten. Aber sie hatte keine Erkältung, sie hatte einfach nur die Nase voll.

Seit Ewigkeiten saß sie nun schon am Fenster, um die Leute zu beobachten, die im Regen rasch zu Frau Bocks Geschäft drüben an der Ecke eilten. Aber es waren erst zwei Personen vorbeigekommen, und bei niemandem hatte der Wind den Schirm nach außen geklappt. Frau Schuhmacher lief mit raschem Schritt die Straße hinunter. Sie trug einen grünen Regenmantel

und hielt sich den rot-schwarz karierten Schirm schützend vor das Gesicht. Frau Schuhmacher eilte um die Ecke zu den Geschäften auf der Hauptstraße. Als sie zurückkam, hielt sie den Schirm im Rücken, damit der Wind ihn nicht umschlagen konnte.

Dann kam Herr Schuhmacher die Straße entlang, platschte mit seinen riesigen Gummistiefeln achtlos durch die Pfützen. Er nahm nie einen Schirm. Herr Schuhmacher trug einen dunkelbraunen, langen Regenmantel, eine Kappe und einen Jutesack, den er sich schützend über Kopf und Schultern hielt. Er war auf dem Weg zum Schrebergarten, um die Hühner zu füttern. Herr Schuhmachers Schrebergarten lag unten am Ende der Straße, in der Nähe von Finchens Schule. Manchmal durfte Finchen ihm bei der Arbeit helfen, und dann schenkte er ihr ein Ei.

Als Herr Schuhmacher verschwunden war, gab es nichts mehr zu sehen, nur die dunkle, schwarze Straße und den Regen. Finchen presste die Nase an die Scheibe und schnupperte an dem kalten Glas. Sie konnte den Regen förmlich riechen, der von draußen dagegen schlug und die Scheibe hinabrann. Er roch nach schmutzigem Wasser.

Finchen mochte den Regengeruch, aber noch lieber mochte sie den Geruch von frischem, nassem Gras. Sie kletterte vom Stuhl herunter. Finchen hatte die Nase voll davon, immer nur im Haus herumsitzen zu müssen. Sie wollte nach draußen.

»Mama?«

Keine Antwort.

»Mama, darf ich raus?«

Keine Antwort. Finchens Mutter lag auf dem Sofa und hielt ein Buch in der Hand. Aber sie las nicht. Sie schlief tief und fest, und ihr Gesicht war ganz rot. Finchens Mutter hatte Grippe. Der Doktor war gekommen und hatte gesagt, sie müsse viel trinken, aber vor allem brauche sie *viel Ruhe*. Das sei die beste Medizin.

»Was ist *Filrur,* Mama?«, fragte Finchen. »Ist das so eine Medizin wie die, die ich nehmen musste, als ich immer Halsweh hatte?«

»Nein«, sagte Finchens Mutter. »Jetzt lass mich ein wenig in Ruhe. Wenn ich diese heiße Zitrone getrunken habe, muss ich ein bisschen schlafen.«

»Soll ich draußen spielen, damit du deine Ruhe hast?«

»Nein, da wirst du nur nass. Ich will nicht, dass du auch noch krank wirst. Beschäftige dich halt irgendwie.«

Finchen konnte sich normalerweise sehr gut selbst beschäftigen, wenn es draußen regnete. Sie liebte es, mit ihrem Kater Rotbart auf dem warmen Kaminvorleger zu sitzen. Rotbart war rund und weich und kratzte nie, wenn sie ihn in den Arm nahm und ihm Geheimnisse ins Ohr flüsterte. Sie schnitt auch gern aus Silberpapier von Schokoladentafeln Sterne aus oder bastelte Zauberstäbe oder Schatzkästchen für ihre Bilder. Finchen

malte und bastelte gern oder las und schrieb Geschichten, die sie sich selbst ausdachte.

Aber es regnete nun schon seit Tagen, seit einer Ewigkeit. Rotbart war bereits früh am Morgen nach draußen gewitscht und noch nicht wieder heimgekommen. Wenn ihn der Regen überraschte, sprang er einfach über eine Mauer und suchte Schutz in einem Kohlenschuppen in irgendeinem Hinterhof, bis es wieder aufhörte. Darum konnte Finchen nicht mit Rotbart vor dem Kamin liegen und ihm was erzählen, und in ihrer Bastelschachtel lag nicht mal mehr das kleinste Fitzelchen Silberpapier, denn gestern hatte sie einen Brautstrauß aus Seidenpapierblumen gebastelt und mit dem letzten Rest Silberpapier den Strauß umwickelt. Allein konnte sie auch nicht Hochzeit spielen. Hochzeit spielte sie immer mit Lena von nebenan. Lena besaß nämlich eine Brautpuppe. Auch das Buch aus der Bücherei hatte Finchen schon zu Ende gelesen, und das letzte Bild in ihrem Malbuch hatte sie ebenfalls ausgemalt.

Vielleicht – wenn sie noch einmal aus dem Fenster schaute – kam doch noch jemand vorbei. Jemand, den sie noch nie zuvor gesehen hatte, zum Beispiel eine richtige Balletttänzerin oder eine Krankenschwester in ihrer Tracht oder ein Mann, der Luftballons und kleine Spielzeugäffchen verkaufte, die einen Stock hinaufkletterten. Solch einen Mann kannte Finchen vom Markt.

Wenn so jemand vorbeikäme, könnte sie sich dazu eine passende Geschichte ausdenken. Finchen kletterte wieder auf den Stuhl am Fenster und starrte angestrengt nach draußen. Sie war ganz aufgeregt, als sie überlegte, wer alles vorbeikommen könnte.

Aber die Straße draußen lag dunkel, nass und verlassen da.

Finchen schaute und wartete, wartete und schaute, aber die Straße wirkte nur noch dunkler, nasser und verlassener.

Finchen presste die Stirn an die kalte Scheibe, sog schnuppernd den Duft des nach Schmutzwasser riechenden Stadtregens ein und kletterte wieder vom Stuhl herunter. Durch das trübe Regenwetter war es schon ganz dunkel im Zimmer und sehr, sehr still. Selbst das gedämpft rötlich glühende Feuer im Kamin machte nicht das geringste Geräusch. Finchens Mutter lag ganz still, weil es ihr nicht gut ging. Wenn sie wenigstens Licht machen könnte, dann wäre alles nur noch halb so schlimm. Aber das Licht würde bestimmt ihre Mutter wecken. Ganz still stand Finchen in dem düsteren Zimmer. Sie trug nichts weiter als Socken an den Füßen und fühlte sich so einsam und traurig, dass sie am liebsten geweint hätte. Aber sie weinte nicht. Sie fasste einen Entschluss. Man kann nämlich nicht gleichzeitig weinen und einen Entschluss fassen.

Auf Zehenspitzen näherte sie sich dem Sofa.

»Mama?«, fragte sie mit ganz leiser Stimme, so wie sie immer sprach, wenn sie ihrer Mutter etwas erzählen wollte, ohne sie richtig zu wecken.

»Hmmm?« Finchens Mutter runzelte die Stirn und presste die Hände gegen die Schläfen.

»Hast du Kopfweh?«

»Mhmm.«

»Ich geh kurz mal raus«, sagte Finchen so leise, dass selbst sie es kaum verstehen konnte.

»Mhmm«, sagte Finchens Mutter.

»Ich gehe nur nach nebenan, zu Lena. Da werde ich nicht nass.«

»Mhmm«, sagte Finchens Mutter. Blinzelnd öffnete sie ein Auge. »Geh danach auf einen Sprung bei Oma vorbei und bitte sie, uns etwas zum Abendbrot zu bringen. Und setz deine Kapuze auf.«

»Mach ich«, sagte Finchen.

Sie nahm den Brautstrauß aus dem Karton mit den Bastelsachen und verstaute ihn unter ihrem Schottenrock. Dann ging sie in die Küche, denn ihre Gummistiefel standen auf der Matte an der Hintertür. In ihren Gummistiefeln steckten extra dicke Socken. Es war nämlich sehr kalt. Finchen zog die dicken Socken und die Gummistiefel an. Dann schlüpfte sie in ihren dunkelgrünen Anorak, setzte die Kapuze auf und zurrte sie sorgfältig fest. Sie zog einen Handschuh an – den anderen hatte sie verloren – und wickelte sich sogar den kratzigen Schal um den Hals, den sie so sehr hasste. Finchen schaute in die Vorratskammer, ob sie dort vielleicht so einen alten Sack entdeckte, wie ihn Herr Schuhmacher hatte, aber sie fand nichts. Wenn sie doch wenigstens einen Schirm hätte! Lena nebenan hatte einen, einen rosafarbenen Plastikschirm. Lena bekam alles, was sie wollte. Sie war verwöhnt, sagte Finchens Mutter. Finchen fiel nichts ein, womit sie sich noch vor dem Regen schützen

könnte. Darum steckte sie die Hand ohne Handschuh in die Anoraktasche, lief zur Haustür und auf die Straße hinaus.

Die kalten Regentropfen piksten ihr ins Gesicht wie tausend kleine Nadeln, aber das kümmerte Finchen nicht weiter. Sie mochte es sogar. Sie klopfte an Lenas Tür. Lena öffnete.

»Kommst du spielen?«, fragte Finchen.

»Nein«, sagte Lena. »Es regnet. Bist du blind?«

»Wir können doch drinnen spielen. Ich habe einen Brautstrauß gebastelt.«

Lena verzog abschätzig das Gesicht. »Das ist mir egal. Ich habe nämlich eine Brautpuppe, die schon einen Brautstrauß hat. Und wir können sowieso nicht bei mir spielen, weil meine Mama eine Erkältung hat und ich leise sein muss.«

»Leenaa!«, rief Lenas Mutter. »Leenaa! Wer ist da gekommen?«

»Finchen! Finchen Schmidt!«, rief Lena.

»Sag ihr, sie soll kurz reinkommen!«, rief Lenas Mutter.

Finchen ging ins Haus. Lenas Mutter lag auf dem Sofa, wie Finchens Mutter. Aber das Licht war an, und darum sah es hier nicht ganz so traurig aus. Sie hatten auch einen elektrischen Kamin, der richtig echt aussah, aber Finchen mochte ihn nicht, denn wenn man Bonbonpapier hineinwarf, wurde man ausgeschimpft.

»Mach doch bitte das Licht aus«, sagte Lenas Mutter. »Mein Kopf bringt mich noch um.«

»Ich spiele mit meiner Puppe«, sagte Lena. »Und ich brauche Licht, damit ich etwas sehen kann.«

»Komm her, Finchen«, sagte Lenas Mutter. »Du könntest mir einen Gefallen tun.«

»Gerne«, sagte Finchen.

»Spring rasch nach Hause und frag deine Mutter, ob sie mir ein Päckchen Aspirintabletten leihen kann. Meine sind alle.«

»Meine Mama hat auch Grippe«, sagte Finchen. »Sie nimmt *Filrur.* Aber ich glaube, sie hat auch Aspirin.«

»Geh und frag sie bitte, sei so lieb, ja? O Gott, es schüttet ja noch immer. Hast du einen Schirm?«

»Nein, aber ich habe meine Kapuze. Das geht schon.«

Finchen ging nach Hause zu ihrer Mutter. Die blinzelte sie aus einem halb geschlossenen Auge an und erklärte ihr, wo sie im Bad die Schachtel mit den Aspirintabletten finden könne.

»Bring sie aber bitte mir. Du darfst Tablettenschachteln nicht öffnen, das weißt du ja.«

Finchen brachte die Schachtel ans Sofa. Ihre Mutter gab ihr die Hälfte der Aspirintabletten für Lenas Mutter.

»Sag ihr, dass ich ihr leider nicht mehr Tabletten geben kann. Die anderen brauche ich für mich selbst.«

»Sind die besser als *Filrur*?«, wollte Finchen wissen.

»Nein«, antwortete ihre Mutter. »Sie sind gut gegen Schmerzen, aber *viel Ruhe* ist die beste Medizin, zumindest hat das der Doktor gesagt.« Damit ließ sie ihren armen Kopf wieder auf das Kissen sinken.

Finchen ging nach nebenan und brachte Lenas Mutter die Tabletten.

»Meine Mutter hat ein paar für sich behalten«, sagte sie. »Aber sie nimmt *Filrur*, weil der Doktor gesagt hat, dass sei die beste Medizin.«

»Dank dir, Finchen«, sagte Lenas Mutter. »Dieses *Filrur* kann mir Lenas Papa später aus der Apotheke besorgen, wenn er von der Arbeit heimkommt.«

»Ich habe noch immer keine Lust zu spielen«, sagte Lena.

Finchen ging nach draußen. Sie stand vor Lenas Haustür, und die kalten Regentropfen piksten ihr ins Gesicht wie tausend kleine Nadeln. Aber sie wollte nicht zurück nach Hause. Mit gesenktem Kopf lief sie zu dem Haus, in dem Gerrit Graf wohnte, und klingelte. Gerrit öffnete die Tür. Er trug eine dicke warme Strickjacke mit einem Reißverschluss vorn und Pantoffel, die ebenfalls vorn einen Reißverschluss hatten.

»Kommst du raus?«, fragte Finchen. Gerrit war ein Muttersöhnchen, aber manchmal half er ihr, Würmer für Herrn Schuhmachers Hühner zu suchen.

»Ich kann so nicht nach draußen«, sagte Gerrit. »Und ich kriege Bronchitis, wenn ich nass werde. Und drinnen können wir auch nicht spielen, weil meine Mama eine Erkältung hat.«

»Gerrit«, rief Gerrits Mutter. »Gerrit! Wer hat da geklingelt?«

»Finchen! Finchen Schmidt!«, rief Gerrit.

»Sag ihr, sie soll kurz reinkommen!«

Finchen trat ins Haus.

Gerrits Mutter lag auf dem Sofa wie Lenas Mutter und Finchens Mutter. Die Lampe auf dem Fernseher spendete ein wenig Licht. Neben dem Sofa stand ein kleiner Papierkorb, vollgestopft mit lauter Papiertaschentüchern.

Gerrits Mutter öffnete vorsichtig ein Auge und blinzelte Finchen an: »Mir geht es gar nicht gut, Finchen. Ob mir deine Mutter wohl ein paar Packungen Papiertaschentücher leiht? Meine habe ich alle verbraucht, und die Nase läuft und läuft. Wenn Gerrit bei diesem Wetter rausgeht, bekommt er prompt einen grässlichen Husten.«

»Meine Mama hat nur richtige Taschentücher«, erklärte Finchen. »Sie hat auch eine Erkältung und nimmt *Filrur*. Das ist die beste Medizin. Hat der Doktor gesagt. Aber im Laden von Frau Bock gibt es Papiertaschentücher. Sie stehen auf der Theke neben den Lakritzschnecken. Ich kann Ihnen welche holen.«

»Wirklich? Das ist aber lieb von dir. Gib mir doch bitte meine Handtasche von dem Stuhl da vorn.«

Finchen brachte Gerrits Mutter die Tasche und streckte die Hand aus, um das Geld für die Taschentücher in Empfang zu nehmen.

»Hier, bitte. Das müsste reichen. Dein Handschuh ist ja ganz nass, Finchen. Und wo ist der andere?«

»Weiß ich nicht.« Hoffentlich verriet Gerrits Mutter ihrer Mutter nichts von dem Handschuh. Sie würde mit Finchen schimpfen, wenn sie erfuhr, dass sie schon wieder einen verloren hatte. Finchen ließ die Tür von Gerrits Haus hinter sich zufallen. Die kalten Regentropfen piksten ihr ins Gesicht wie tausend kleine Nadeln, aber das kümmerte Finchen nicht. Sie lief rasch zu dem kleinen Geschäft an der Ecke. Drinnen brannte Licht. Sie trat ein.

»Guten Tag, Finchen. Was kann ich für dich tun? Lakritzschnecken? Lutscher?«

»Heute komme ich nicht wegen Süßigkeiten. Ich soll Papiertaschentücher holen, für Gerrits Mama, weil sie eine Erkältung hat. Lenas Mama hat auch eine und meine Mama auch.«

»Meinen Mann hat es auch erwischt«, erklärte Frau Bock, nahm das Geld und reichte Finchen zwei Packungen Papiertaschentücher über die Theke. »Ich kriege das Fieber einfach nicht herunter. Was macht denn deine Mutter dagegen?«

»Sie nimmt *Filrur*«, sagte Finchen.

»Tatsächlich? Gut, wenn es meinem Mann morgen früh nicht besser geht, werde ich rasch zur Apotheke fahren und ihm auch diese Medizin besorgen. Es ist nicht einfach mit dem Geschäft, so ganz allein. Ich brauche dringend frische Eier von Herrn Schuhmacher, bevor die Leute kommen, um für das Abendbrot einzukaufen. Aber ich kann nicht fort, wenn ich gleichzeitig hier im Geschäft stehen muss.«

»Ich kann für Sie gehen«, sagte Finchen. Sie wollte gern zu Herrn Schuhmachers Garten gehen und dort die Hühner besuchen und ein wenig den Duft der nassen Wiese schnuppern. Ohne besonderen Grund durfte sie nicht einfach dorthin gehen. Da würde Finchens Mutter ordentlich schimpfen, weil Finchen dabei bestimmt patschnass geworden wäre. Für Frau Bock aber durfte sie gehen.

»Du wirst dabei bestimmt patschnass«, sagte Frau Bock. »Deine Kapuze ist schon ganz durchweicht. Ich leihe dir lieber meinen Schirm.«

Frau Bock ging nach hinten und kehrte mit einem kleinen, grünen Schirm zurück.

»Ist das ein Schirm für kleine Mädchen?«, fragte Finchen fast beleidigt.

»Nein«, sagte Frau Bock. »Komm mit an die Tür, ich zeig dir, wie er aufgeht.« Sie gingen zur Tür, und Frau Bock zog an dem Schirm, so dass er schon bald so groß war wie ein ganz normaler Schirm. Dann öffnete er sich.

Finchen war begeistert. Sie lieferte rasch die Taschentücher bei Gerrits Mutter ab und eilte dann die Straße hinunter zu Herrn Schuhmachers Schrebergarten. Der grüne Schirm hüpfte lustig auf und ab, unter ihren Stiefeln spritzte das Wasser in hohem Bogen auf. Der Wind versuchte, mal aus dieser, mal aus jener Richtung den Regen in ihr Gesicht zu fegen, aber Finchen hielt den Schirm ganz tief, und der Regen trommelte darauf nieder, ohne sie nass zu machen.

»Pass auf, dass der Wind dir den Schirm nicht umschlägt!«, rief Frau Bock ihr hinterher.

Aber Finchen hatte den ganzen Tag lang Passanten beobachtet und wusste genau, wie sie den Schirm halten musste. Der grüne Schirm wurde nasser und nasser und drehte sich in ihrer Hand, aber es gelang dem Wind nicht, ihn von innen nach außen zu klappen. Finchen lief noch schneller.

»Auf dem Rückweg kannst du aber nicht rennen, sonst lässt du noch meine Eier fallen!«, rief Frau Bock ihr hinterher.

Finchen wusste sehr genau, dass man mit Eiern in der Hand nicht rennen durfte. Aber gerade eben trug sie ja noch keine, und darum lief sie noch schneller, sprang in eine besonders große Pfütze und gleich wieder heraus – plitsch, platsch, klatsch.

»Nicht!«, rief Frau Bock ihr hinterher, aber Finchen war schon viel zu weit weg, um sie noch hören zu können.

Als sie schließlich den Schrebergarten von Herrn Schuhmacher erreichte, war Finchen ganz außer Atem.

»Hapüüh, hapüüh, hapüüh«, schnappte sie nach Luft und blies Atemwolken in den Regen.

»Was willst denn du hier?«, fragte Herr Schuhmacher. »Ich habe heute keine Zeit für dich.« Dann begann er zu husten. Finchen sah zu, wie die nassen Hühner auf dem Hof in der Erde scharrten, und wartete, bis er fertig gehustet hatte, weil man Erwachsene nicht einfach unterbrechen darf. Dann sagte sie:

»Ich bin gekommen, um die Eier für Frau Bock zu holen, Herr Schuhmacher. Haben Sie Husten?«

»Bronchitis«, antwortete Herr Schuhmacher. Er reichte ihr eine Lage Eier aus dem Schuppen. »Bei dem Wetter müssen wir die Eier aber abdecken.« Er holte ein Stück altes Sackleinen aus dem Schuppen. »Na, Finchen, du kannst wohl kaum gleichzeitig den Schirm halten und die Eier tragen, oder?«

Finchen machte den grünen Schirm zu. Sie wusste nicht, wie sie ihn wieder ganz klein machen konnte. Darum hängte sie ihn sich an den Arm und nahm die Lage Eier mit beiden Händen. Das alte Sackleinen, das sauber gefaltet auf den Eiern lag, roch nach Hühnermehl und nach Herrn Schuhmachers Schuppen. Finchen hielt es mit den Daumen an beiden Seiten fest. Sie sah Herrn Schuhmacher an und wartete, ob er ihr nicht noch sagen wollte, dass sie mit den Eiern nicht rennen dürfe. Aber er sagte nichts. Herr Schuhmacher sprach mit ihr immer genau so, wie er mit Erwachsenen sprach. Und wie immer steckte eine Pfeife in seinem Mundwinkel, doch heute qualmte sie nicht. Finchen machte sich auf den Rückweg. Es regnete immer noch. Sie ging sehr langsam und vorsichtig, wegen der Eier. Der Wind blies ihr die Regentropfen ins Gesicht, die sie wie tausend kleine Nadeln piksten, aber die Eier wurden nicht nass. Das Sackleinen roch nach Hühnermehl und Herrn Schuhmachers Schuppen. Finchens Ponyfransen war inzwischen so nass, dass ihr das Wasser auf die Nase tropfte und sie kitzelte, wenn es weiter hinunterrann, bis es auf das Sackleinen fiel. Finchen musste lachen. Sie war gern draußen im Regen. Als sie wieder den Laden von Frau Bock betrat, kaufte Frau Schuhmacher gerade einen Laib Brot.

Finchen stellte das Tablett mit den Eiern vorsichtig auf die Theke und nahm das Sackleinen herunter. Sie sagte nichts, weil die beiden Frauen sich unterhielten und es sich nicht gehörte, sie zu unterbrechen.

»Er hat die ganze Nacht gehustet«, erklärte Frau Schuhmacher gerade. »Ich habe kein Auge zumachen können.«

»Vielleicht hilft ihm ja auch dieses neue Medikament, *Filrur* heißt es«, sagte Frau Bock. »Ich würde es auf jeden Fall einmal damit probieren.« Dann sagte sie: »Danke Finchen. Jetzt lauf rasch nach Hause und zieh dir was Trockenes an.«

»Ich muss zuerst noch zu meiner Großmutter. Sie soll uns heute unser Abendbrot machen.« Frau Schuhmacher befühlte Finchens Kapuze. »Du bist ja ganz nass.«

»Nur ein bisschen«, sagte Finchen.

»Du nimmst besser meinen Schirm«, sagte Frau Bock. »Aber denk daran, ihn zurückzubringen. Du weißt ja selbst, wie vergesslich du bist.«

»Kann ich nicht lieber dieses Stück Sackleinen hier haben?«, fragte Finchen. »Wenn ich das vergesse, macht es doch nichts, oder?« Sie wollte gerne das Stück Sackleinen haben, damit sie auf dem Weg zur Großmutter spielen konnte, sie sei Herr Schuhmacher.

»Na gut, wenn du willst«, sagte Frau Bock.

Finchen legte das Sackleinen über den Kopf und die Schultern und verließ das Geschäft von Frau Bock. Sie eilte geradewegs bis ans Ende der Straße und stürmte in das Haus ihrer Großmutter.

»Oma! Oma!«, rief sie. »Du musst kommen, weil Mama Grippe hat. Gerrits Mama auch und Lenas Mama auch, und meine Mama hat gesagt, dass du uns Abendbrot machen sollst!«

Niemand antwortete.

Finchen eilte in die Küche und rief: »Oma?«

Niemand antwortete.

Sie eilte ins Wohnzimmer. Dort fand sie ihre Oma. Sie lag auf dem Sofa vor dem Kamin, die Hand auf dem Kopf wie Finchens Mama, eine Packung Papiertaschentücher neben sich wie Lenas Mama, und sie hustete wie Herr Schuhmacher.

»Hast du auch Grippe, Oma?«

»Ja, ich glaube schon«, sagte Finchens Oma. »Wie geht es deiner Mutter?«

»Gar nicht gut«, sagte Finchen. »Sie hat gesagt, du würdest kommen und uns heute das Abendbrot machen.«

»Ich kann nicht kommen. Ich habe Grippe. Geh in die Küche. Da ist noch etwas Bratenfleisch, Salat und Brot – nimm aber das geschnittene Brot. Deine Mutter mag es

zwar nicht gern, aber du darfst nicht ans Brotmesser gehen. Nimm alles mit nach Hause und sei ein braves Mädchen. Schmier deiner Mutter und dir ein paar Brote und mach ihr eine heiße Zitrone. Kannst du das?«

»Ja«, sagte Finchen.

»Großes Mädchen.«

So schnell sie konnte, lief Finchen durch den Regen wieder zurück nach Hause. In der einen Hand trug sie die Tragetasche mit den Sachen fürs Abendbrot, mit der anderen hielt sie das Stück Sackleinen fest, das sie sich wieder über Kopf und Schultern gelegt hatte. Der Sack roch nach Hühnerstall, und aus den Häusern strömte ihr köstlicher Essensduft entgegen. Ihr Gesicht war nass, und die Socken in ihren Gummistiefeln waren nass. Sie war hungrig, glücklich und müde.

Als sie nach Hause kam, saß ihre Mutter im Sessel. Sie hatte das Feuer geschürt, so dass es hell loderte, und sie sagte, es ginge ihr schon ein wenig besser.

»Bist du nass geworden?«, fragte sie Finchen.

»Nur mein Gesicht und mein Pony und eine Hand…«

»Eine Hand? Hast du schon wieder einen Handschuh verloren?«

»Ich weiß nicht«, antwortete Finchen. »Ich mach uns jetzt etwas zu essen.«

Finchen belegte zwei Scheiben Brot mit etwas Salat, Braten und Senf für ihre Mutter. Sie presste die Zitrone aus, kochte etwas Wasser auf und brachte alles zu ihrer Mutter an den Kamin.

»Danke«, sagte Finchens Mutter. Dann betrachtete sie Finchen genauer.

»Bist du auch bestimmt nicht nass geworden? Ich will nicht, dass du auch noch krank wirst.«

»Ich werd schon nicht krank. Jetzt mach ich mir auch noch etwas zu essen.«

Finchen belegte sich ein Brot mit Schinken und betrachtete dann nachdenklich das Senfglas. Es war ein besonders schönes Facettenglas mit einem Deckel und einem winzig kleinen Löffelchen. Finchen mochte das Glas, und sie mochte die gelblich leuchtende Farbe des Senfs. Ihre Mutter mischte den Senf immer selbst, ungefähr so, wie die Farbpulver in der Schule angerührt werden, aber Finchen durfte den Senf nie probieren.

»Du würdest ihn ja doch nicht mögen«, sagte ihre Mutter immer.

Wenn Finchen aber sonst etwas nicht essen wollte, dann sagte ihre Mutter: »Wenn du nicht probierst, kannst du gar nicht wissen, ob du es nicht vielleicht doch magst.«

Finchen sah auf den Senf, dann auf ihr Brot und dachte einen Augenblick nach. Als sie mit dem Nachdenken fertig war, sagte sie sich: »Vielleicht mag ich ja wirklich keinen Senf. Besser, ich schmiere ihn mir nicht aufs Brot. Ich probiere ihn einfach so. Dann werde ich schon merken, ob er mir schmeckt oder nicht.«

Das winzig kleine Löffelchen im Senftopf war recht hübsch und gefiel Finchen sehr. Aber es war höchstens groß genug, um eine kleine Puppe damit zu füttern oder um ein paar Senftupfer aufs Brot zu verteilen – wenn man wusste, dass man Senf mag. Aber um Senf das erste Mal zu probieren, dafür war der Löffel nicht groß genug. Denn wenn man herausfinden will, ob etwas schmeckt, dann braucht man dazu eine ordentliche Portion, um wirklich sicherzugehen. Finchen suchte den größten Löffel, der noch so gerade in das Glas passte, und schaufelte eine große Portion der gelblich braunen Masse darauf.

»Sieht fast so aus wie Karamelpudding«, lächelte sie und schob sich den Senf in den Mund.

»AAAAHHHHH!«, schrie Finchen.

»Was ist passiert?«, rief Finchens Mutter.

»Nichts!«, rief Finchen. »Oh, du meine Güte!« Ihre Lippen brannten, ihre Zunge brannte, ihr Hals brannte, und ihr Bauch brannte. Tränen stiegen ihr in die Augen, ihr wurde übel, und der Schweiß brach ihr aus allen Poren. »Ich glaube, Senf mag ich nicht«, sagte Finchen und lief zur Spüle, um Wasser zu trinken und den Löffel abzuwaschen, denn sie hörte ihre Mutter rumoren.

»Finchen? Finchen! Komm her zu mir.« Finchen ging zu ihrer Mutter. Sie hob Finchens Kinn zu sich hoch, um sich ihr Gesicht genauer betrachten zu können. »Wieso bist du denn so rot?« Finchen versuchte, es ihr zu erklären, aber sie konnte nur röchelnd husten.

»Du hast Husten!«, sagte Finchens Mutter. »Und du schwitzt. Bestimmt hast du Fieber. Ich habe dir doch gesagt, dass du bei dem Regen nicht nach draußen sollst. Du legst dich jetzt sofort ins Bett, und ich mache dir eine Wärmflasche.«

»Ich möchte lieber keine Wärmflasche«, sagte Finchen, »weil…«

»Ab ins Bett mit dir. Ich bringe dir etwas Heißes zu trinken.«

»Ich möchte lieber nichts Heißes trinken«, sagte Finchen. »Ich möchte lieber etwas Kaltes trinken, weil …«

»Ab ins Bett mit dir. Ich bringe dir die Brote nach oben.«

»Ich möchte aber keinen Senf«, sagte Finchen, »weil …«

»Jetzt aber ab ins Bett! Ich möchte das nicht noch einmal sagen müssen.«

Finchen ging in ihr Zimmer und legte sich ins Bett.

Als ihre Mutter nach oben gekommen und wieder nach unten gegangen war, weinte Finchen ein wenig, hörte dann aber wieder auf, weil sie die Brote essen wollte. Man kann nämlich nicht Brote essen und gleichzeitig weinen. Als sie fertig gegessen hatte, weinte sie wieder ein wenig, und dann erzählte sie Percy Panda, was passiert war. Percys Kopf war größer als Finchens Kopf und kuschelweich. Finchen liebte es, mit Percy im Arm zu schlafen, aber heute Abend nahm sie Percy nicht in den Arm.

»Mir ist viel zu heiß, Percy«, sagte sie. »Du musst sonst auch so schlimm schwitzen wie ich.«

Deshalb schliefen Finchen und Percy in dieser Nacht Rücken an Rücken. Und als Rotbart ins Zimmer kam, kalt und nass, weil er sich den ganzen Tag draußen herumgetrieben hatte, fand er zu seiner großen Überraschung eine Wärmflasche in seinem Korb neben dem Bett.

»Wach auf, Finchen«, rief Finchens Mutter. »Wie fühlst du dich heute?«

Finchen öffnete die Augen. Als Erstes fiel ihr wieder der Senf ein. Sie konnte ihn noch immer in ihrem Mund schmecken.

»Ich bin nicht krank«, versicherte sie ihrer Mutter.

»Das wird der Doktor entscheiden«, sagte ihre Mutter. »Da kommt er schon.«

›O Gott‹, dachte Finchen. ›Wenn er herausfindet, dass ich Senf gegessen habe, erzählt er es bestimmt meiner Mama.‹

Als der Doktor in Finchens Zimmer kam, lag Finchen ganz still in ihrem Bett. Sie sagte keinen Ton, nur »Aaaa«, als er ihr in den Hals schaute.

»Finchen ist nicht krank«, sagte der Doktor. »Schauen Sie sich doch nur diese herrlich rosigen Wangen an.« Der Doktor tätschelte ihr das Gesicht.

»Wenn Sie sie gestern Abend gesehen hätten …«, sagte Finchens Mutter.

Der Doktor schaute Finchen fest in die Augen. Ein furchteinflößender Bart umrahmte sein Gesicht, und selbst wenn er lächelte, lag seine Stirn in Falten.

»Vielleicht hat sie bloß so getan. Vielleicht wollte sie nur diese neue Medizin probieren, wie alle Leute in der Stadt.«

»Was für eine neue Medizin?«, wollte Finchens Mutter wissen.

»Sie heißt *Filrur*«, sagte der Arzt. »Der Apotheker hat mich heute Morgen angerufen und danach gefragt. Er hat noch nie etwas davon gehört. Aber heute Morgen wollte schon die halbe Stadt diese Medizin von ihm haben. Ich habe ihm erklärt, dass ich sie nicht verschrieben habe. Wahrscheinlich geht da ein neuer Doktor herum und besucht all meine Patienten. Was glaubst du, Finchen?«

Finchen sagte keinen Ton. Sie glaubte nicht, dass sie etwas falsch gemacht hatte, außer daß sie ihren Handschuh verloren und Senf gegessen hatte, aber bei Erwachsenen konnte man nie wissen. Der Doktor lächelte und schaute ihr fest in die Augen. Die Stirn hatte er noch immer in Falten gelegt. Finchen erwiderte seinen Blick und versuchte, auch mit gerunzelter Stirn zu lächeln. Der

Doktor stupste ihr lachend auf die Nase. »Möchtest du nicht aufstehen?«

»Doch, schon«, sagte Finchen.

»Ich denke, das kannst du ruhig. Jetzt, wo die ganze Stadt die Grippe hat, könnte ich eine Assistentin gut brauchen.« Finchen sagte noch immer keinen Ton. Als der Doktor nach unten gegangen war, schlich sie nach draußen auf den Flur, um zu belauschen, was er ihrer Mutter sagte. Sie konnte nichts verstehen, aber sie hörte ihn laut lachen, und dann fiel die Tür ins Schloss.

Als Finchens Mutter wieder nach oben kam, lachte auch sie. Sie setzte sich an Finchens Bett und erklärte Finchen, was es mit *Filrur* und der *vielen Ruhe* auf sich hatte. Da musste Finchen auch lachen und erzählte ihrer Mutter die Geschichte mit dem Senf. Da lachten beide. Sie verrieten aber niemandem auch nur ein Sterbenswörtchen von der ganzen Geschichte, und so musste sich der arme Apotheker noch lange weiter mit Kunden herumplagen, die unbedingt diese neue Medizin ausprobieren wollten, so lange, bis endlich die Grippewelle vorbei war.

Percy hatte auch Grippe. Er musste einen ganzen Tag lang das Bett hüten, und Finchen brachte ihm ganz viel heiße Zitrone. Und weil sie ihn ganz besonders lieb hat, gab sie ihm auch einen Teelöffel *Filrur.* Für alle Fälle.

Rotbart ist verschwunden

Als es endlich zu regnen aufhörte, wurde es kalt. Den ganzen Tag lang war der Himmel grau verhangen, und die ganze Nacht lang stürmte der Wind. Er toste und brauste und heulte und pfiff um die Schornsteine in Finchen Schmidts Straße. Finchen hasste den Wind. Abends, wenn sie ins Bett ging, vergrub sie immer den Kopf unter der Decke und steckte sich die Finger in die Ohren.

Eines Samstagabends machte der Wind solch einen Lärm, dass Finchen ihn trotz Decke über dem Kopf und Finger in den Ohren hörte.

»Mama!«, rief sie laut, »Mama, komm!«

Das Licht im Flur ging an.

»Was ist denn nun schon wieder?« Finchens Mutter stand unten an der Treppe.

»Ich habe Hunger!«

»Das kann nicht sein. Du hast gerade erst zu Abend gegessen. Schlaf jetzt.«

Das Licht ging aus.

Finchen verkroch sich wieder unter der Bettdecke, die Finger in den Ohren.

Der Wind toste und brauste und heulte und pfiff um die Schornsteine da draußen in der Dunkelheit. Finchen stopfte sich die Finger, so fest es ging, in die Ohren, aber sie konnte den Wind noch immer hören.

»Mama!«, rief sie laut. »Bitte, Mama, komm! Bitte!«

Das Licht im Flur ging an.

»Was ist denn nun schon wieder?«

»Ich habe Durst!«

»Du bist nicht durstig. Du hast gerade erst eine Tasse Milch getrunken. Ausgerechnet wenn ich etwas Ruhe haben möchte, fängst du an zu quengeln. Schlaf jetzt.«

Das Licht ging wieder aus.

Finchen kehrte unter die Bettdecke zurück, die Finger in den Ohren.

Der Wind toste und brauste und heulte und pfiff um die Schornsteine da draußen in der Dunkelheit.

Finchen rollte sich unter der Decke zusammen, presste die Stirn an die Knie und gab sich größte Mühe, die schreckliche Angst zu verdrängen. Sie sang sich leise ein Lied vor, so dass ihre Ohren eine Zeit lang etwas anderes zu hören hatten, aber kaum war das Lied zu Ende, kehrte der Wind zurück. Sie zog Percy zu sich unter die Decke und drückte ihn ganz fest an sich, mit den Ellbogen, damit sie die Finger nicht aus den Ohren nehmen musste. Dann fiel ihr ein, dass Percy bestimmt auch Angst hatte. Also steckte sie ihre Finger in seine Ohren.

»Ich kann meine Finger nicht in deinen Ohren lassen, Percy, dann höre ich den Wind und habe selbst Angst.«

Sie versuchte, mit einer Hand eines von Percys Ohren zuzuhalten und mit der anderen ihr eigenes. Aber so konnten sie beide den Wind hören und hatten beide Angst.

»Ach Percy, was sollen wir bloß machen?«

Finchen versuchte, noch ein Lied zu singen, aber die Angst schnürte ihr die Kehle zu. Wenn sie Angst hat in der Nacht, dann soll sie einfach an all die Dinge denken, die sie ganz besonders mag, und auf diese Weise die düstere Stimmung vertreiben – hatte ihr die Oma einmal geraten. Finchen kuschelte ihr Gesicht eng an Percys wolligweichen Kopf und versuchte angestrengt, an Tänzerinnen in glänzenden Ballettschuhen zu denken, an neue Farbstifte, die in der Wärme nach Wachs dufteten und hübsch aufgereiht und sorgfältig gespitzt in der Schachtel lagen. Dann dachte sie an Neuschnee, noch ganz ohne Fußspuren, und an Wasserfarben, an all die wundervollen Farbtöne mit Fantasienamen wie *indigo* oder *karmesin*. Aber während sie an all diese schönen Dinge dachte, ritt mit dem heulenden Wind da draußen in der Dunkelheit eine große Hexe mit glitzernden Augen auf ihr Haus zu. Sie kam näher und näher und würde durch das Fenster in das Zimmer kommen.

Finchen klammerte sich noch fester an Percy und spähte vorsichtig unter der Decke hervor, um nachzuschauen, ob die Hexe vielleicht schon da war. Der Wind toste und brauste und heulte und pfiff, und trotz der Dunkelheit konnte Finchen erkennen, dass sich der Vorhang ein wenig bewegte.

»Hilfe, Percy, sie kommt durchs Fenster! Was sollen wir bloß tun?«

Wenn es der Hexe gelang, in ihr Zimmer zu kommen, dann würde sie mit ihren spitzen, gelben Fingernägeln Percy das Fell aufreißen, die Füllung würde herausquellen und er würde sterben müssen.

»Mama«, rief Finchen, »du musst kommen. Du musst! Hier ist eine Hexe!«

Dieses Mal ging nicht einmal mehr das Licht im Flur an. Finchens Mutter war nun richtig böse.

»Jetzt ist aber Schluss, ein für alle Mal. Wenn ich hochkomme, dann wird es dir Leid tun, sehr Leid. Das kann ich dir versprechen. Wirst du jetzt wohl schlafen?!«

Während ihre Mutter schimpfte, hörte Finchen den Wind fast gar nicht mehr, und selbst die Hexe flog davon, so schnell der Hexenbesen sie trug. Denn auch ihr würde es Leid tun, wenn Finchens Mutter so böse mit ihr war und nach oben kam.

Finchen und Percy kuschelten sich eng aneinander und blieben ganz still liegen.

Finchens Mutter kam nicht nach oben.

Jemand anderes kam.

Jemand, der im Dunkeln sehen konnte, denn das Licht ging nicht an.

Jemand, der halb erfroren, aber sehr lieb war und der sich aufwärmen wollte.

»Miau«, grüßte dieser Jemand.

»Rotbart! Percy, Rotbart ist gekommen. Jetzt wird alles wieder gut.«

Rotbart hatte keine Angst, vor nichts und niemandem. Ihm machte es nichts aus, wenn es dunkel war oder der Wind ums Haus heulte. Er konnte im Dunkeln sehen, und wenn er Lust hatte, konnte er lauter heulen als der grässlichste Wind. Manchmal spielte er die ganze Nacht draußen, aber meistens schlief er in seinem Körbchen neben Finchens Bett.

»Wo steckst du, Rotbart?« Finchen tastete im Dunkeln nach dem Körbchen, bis sie das weiche Fell fand, dem sie ein zufriedenes Schnurren entlockte.

»Du bist ja eiskalt«, stellte Finchen fest. »Wenn du zu Percy und mir ins Bett kommst, wird dir ganz schnell wieder warm, und wir fürchten uns nicht mehr vor dem Wind.« Finchen wusste sehr wohl, dass Rotbart zusammengerollt in seinem Körbchen ebenso schnell wieder warm werden würde, aber er sprang immer zu ihr aufs Bett, wenn sie Angst hatte. Und wenn sie weinen musste, schleckte er ihr tröstend die Tränen von den Wangen.

Rotbart sprang aufs Bett, kuschelte sich in die Decke auf Finchens Bauch und schnurrte. Finchen fühlte, wie sich sein Schnäuzchen langsam zu ihrer Wange vorschob. Rotbart schnupperte nach Tränen. Sie lächelte in die Dunkelheit und flüsterte: »Ich habe nicht geweint, Rotbart. Ich glaube, Percy hat geweint, ein bisschen, aber ich nicht.«

Rotbart ließ sich wieder auf Finchens Bauch nieder und schnurrte, bis alle drei schließlich einschliefen.

Der nächste Tag war ein Sonntag, und nachmittags wollten sie Finchens Oma besuchen.

»Zieh deinen alten, blauen Mantel an«, sagte Finchens Mutter, als sie gehen wollten. »Der ist wärmer als dein Anorak.« Sie zogen Mantel und Schal an. Finchens Mutter wickelte sich einen Wollschal um den Kopf, Finchen setzte eine Mütze auf. Sie zog den braunen Handschuh an und versteckte die linke Hand in der Manteltasche. Ihre Mutter sollte nicht sehen, dass sie schon wieder einen Handschuh verloren hatte.

Draußen war die Straße menschenleer. Der kalte Wind heulte noch immer um die Häuser, der Himmel zeigte sich düster und grau verhangen.

»Wenn es doch endlich schneien würde«, seufzte Finchen.

»Dafür ist es zu kalt«, sagte ihre Mutter.

Finchens Oma saß in einem Lehnstuhl am Ofen und strickte.

»Was für ein Wetter!«, begrüßte sie die beiden. »Macht schnell die Tür zu, ihr bringt die ganze Kälte von draußen herein. Zieht eure Mäntel aus und wärmt euch ein wenig am Kamin.«

Finchens Mutter setzte sich und streckte die Hände der Wärme entgegen, während Finchen herauszufinden versuchte, was ihre Oma gerade strickte. Für die Handarbeiten ihrer Oma interessierte sich Finchen immer sehr. Manchmal stellte sich nämlich heraus, dass sie etwas für Finchen strickte. Dieses Mal aber wurde Finchen nicht so recht schlau aus dem, was ihre Oma in den Händen hielt. Es sah ziemlich komisch aus. Finchen guckte und guckte. Es war schmal und hatte Streifen, und zwar einen roten, einen orangefarbenen, einen gelben, einen grünen, einen blauen und einen violetten Streifen. Im Wollkorb lagen Wollknäuel in ganz vielen verschiedenen Farben. Finchen guckte und guckte. »Oma, du strickst ja einen Regenbogen«, stellte sie schließlich fest.

»Ich weiß. Er ist hübsch, nicht wahr?« Sie legte die Handarbeit auf ihren Schoß und strich sie glatt.

»Aber warum strickst du einen Regenbogen, Oma?«

»Ach, nur so. Ich hatte einfach Lust dazu. Ich war gestern im Handarbeitsgeschäft bei Maria Schulte. Sie hat gerade Wollreste im Angebot, einen großen Korb voll, in allen Farben, die man sich nur vorstellen kann. Da habe ich mir die Farben des Regenbogens herausgesucht, und das ist dabei herausgekommen.«

»Wollte Maria Schulte denn nicht selbst einen Regenbogen haben?«

Finchens Mutter, die sich noch immer die Hände wärmte, lachte. »Du hast komische Ideen, Finchen. Maria Schulte hat ein Handarbeitsgeschäft, um Wolle zu verkaufen, und nicht, um die Wolle für sich zu behalten.«

»Ich weiß«, sagte Finchen und dachte so angestrengt darüber nach, dass sie die Stirn in Falten legte. »Und ich weiß, dass Herr Buchner vom Schreibwarenladen auch nicht die schönsten Spielsachen einfach für sich behält.«

Wenn Finchen ein Geschäft voller Spielzeug hätte, dann

würde sie die schönsten Sachen ganz bestimmt nicht an andere Leute verkaufen. Und vor allen Dingen würde sie die ganze Schublade voller Malbücher für sich behalten.

»Soll ich schon mal den Wasserkessel für Tee aufsetzen?«, fragte Finchens Mutter.

»Ja, danke, das ist lieb von dir.«

Als Finchens Mutter in der Küche hantierte, flüsterte die Großmutter Finchen etwas ins Ohr.

»Dieser Regenbogen könnte sich vielleicht – genau weiß man das vorher ja leider nie – in ein Paar Handschuhe verwandeln.«

Finchen lächelte. »Für mich?«

»Wenn sie dir passen«, nickte ihre Oma. »Wir müssen abwarten. Beim Stricken kann man das vorher nie so genau sagen.«

»Ich weiß«, seufzte Finchen. Sie kannte sich aus, denn einmal hatte die Großmutter Finchen zwei große Holzstricknadeln und ein dickes Wollknäuel in die Hand gedrückt. Finchen hatte sich die allergrößte Mühe gegeben, daraus einen Schal zu stricken. Sie hatte die Stirn in Falten gelegt,

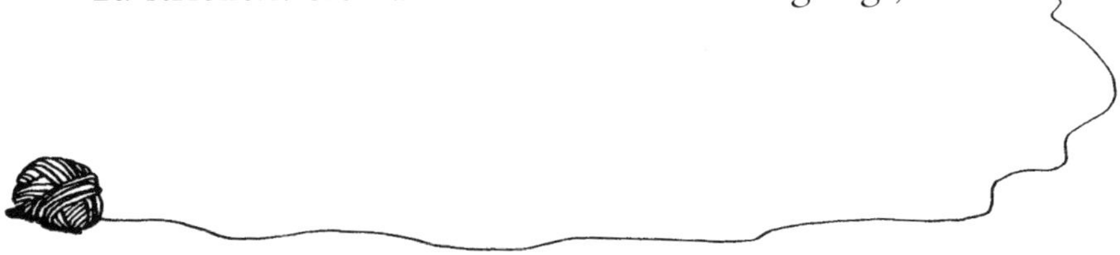

vor lauter Anstrengung die Zungenspitze zwischen die Zähne geklemmt und manchmal sogar die Luft angehalten, aber die Maschen, die ihre Oma für sie aufgenommen hatte, entwickelten sich einfach nicht zu einem Schal. Finchen machte Schlingen, stocherte die Nadel in die Masche und pulte den Faden hindurch, machte Schlingen, stocherte die Nadel in die Masche und pulte den Faden hindurch, machte Schlingen, stocherte die Nadel in die Masche und pulte den Faden hindurch. Einen ganzen Nachmittag lang. Aber als es Zeit fürs Abendbrot war, da hatte sie zwischen den Nadeln nur einen hoffnungslos verdrehten Wollschwanz mit Knoten.

»Hoffentlich klappt das mit den Handschuhen für mich!«

»Hast du den braunen noch immer nicht gefunden?«

Finchen schüttelte den Kopf. »Ich hätte aber auch viel lieber Regenbogenhandschuhe, anstatt den braunen wieder zu finden.«

»Such ihn bitte trotzdem weiter«, sagte ihre Oma. »Und ich stricke inzwischen weiter. Und wenn die Wolle reicht, dann bekommst du dazu auch noch einen passenden Regenbogenschal.«

Finchens Mutter kehrte aus der Küche zurück und stellte die Butter an den Kamin, damit sie ein wenig weicher wurde. Sie machte den Tee, denn Finchens Oma hatte sich noch immer nicht richtig von der Erkältung erholt.

Finchen ging in die Küche, um ihrer Mutter zu helfen. Dort war es gemütlich warm, und es roch nach Gebackenem. Obwohl ihre Oma sich noch schonen sollte, hatte sie Finchens Lieblingstörtchen mit weißem Zuckerguss gebacken. Sie standen auf dem Tisch, ein großer Teller voll.

»Nicht anfassen«, sagte Finchens Mutter.

Finchen Schmidt berührte die Törtchen nicht, obwohl sie große Lust dazu hatte. Der Zuckerguss war von den Ecken heruntergetröpfelt und hatte auf der Kuchenplatte große Zuckergusslachen gebildet. Wenn man geschickt war, konnte man die Tropfen mit dem Finger auffangen, ohne die Törtchen zu berühren.

»Darf ich …«

»Wasch dir die Hände«, sagte Finchens Mutter, »ich hole schon mal die Tischdecke. Du kannst mir dann beim Decken helfen.«

Sie zogen die dicken Vorhänge vors Fenster, machten das Licht an und stocherten kräftig im Kaminfeuer, damit es hell aufloderte. Dann setzten sie sich zusammen an den Tisch und tranken genüsslich Tee. Finchen schlug sich den Bauch mit den Törtchen so voll, dass ihr fast die Knöpfe von der Strickjacke platzten. Und als sie schließlich nach Hause gingen, da trug sie eine kleine Papiertüte mit noch mehr Törtchen durch die dunkle, stürmische Nacht.

»Ob Rotbart auch Törtchen mag? Was glaubst du?«, fragte Finchen, als ihre Mutter die Haustür öffnete.

»Bestimmt nicht. Zieh dir bitte Hausschuhe an.«

»Ich wette, er schleckt mir den Zuckerguss von den Fingern.«

»Rotbart hat sein eigenes Fressen«, sagte ihre Mutter und füllte eine Portion Katzenfutter in den Napf.

Finchen zog die Hausschuhe an und öffnete die Hintertür.

»Rotbart! Rotbart!«, rief sie, aber Rotbart kam nicht. Er war nicht im Hof.

»Vielleicht mag Percy Törtchen«, überlegte Finchen.

»Frag ihn doch. Es ist ohnehin Zeit fürs Bett. Zieh dir den Schlafanzug an«, sagte ihre Mutter.

Bevor Finchen nach oben ins Bett ging, öffnete sie noch einmal die Haustür. »Rotbart! Rotbart!«, rief sie, aber Rotbart kam nicht. Er hockte nicht vor der Tür.

»Mama, warum kommt Rotbart nicht zum Abendessen nach Hause? Sonst ist er immer da.«

»Normalerweise kommt er, wenn wir Tee trinken«, sagte ihre Mutter. »Dann sieht er das Licht und hört uns. Aber heute waren wir bei Oma. Wahrscheinlich hat er ein wenig gewartet und ist dann noch einmal fortgelaufen. Er kommt bestimmt bald, jetzt, wo wir Licht gemacht haben.«

Finchen ging nach oben und zog sich den Schlafanzug an. Dann kniete sie sich auf die Fensterbank und starrte in die kalte, stürmische Nacht. Der Mond schien. Hin und wieder verdeckte ihn eine rasch vorüberziehende Wolke. Im Mondlicht konnte Finchen all die glänzenden Dachziegel der Häuser erkennen und all die spitz zulaufenden Schornsteinabdeckungen. Rotbart aber konnte sie nicht entdecken. Er saß nicht auf dem Dach des Kohlenschuppens und nicht auf der Mauer am Gartentor. Der kalte Wind toste und brauste und heulte und pfiff über die Dächer und Schornsteine der dunklen Straße. Finchen fröstelte, schlüpfte ins Bett und verkroch sich zusammen mit Percy unter der Decke. Sie blieb ganz still liegen, eng an Percy gekuschelt, die Finger in den Ohren. Dann begann sie nachzudenken. Sie dachte an den Tee in dem warmen, gemütlichen Zimmer bei ihrer Großmutter. Dann dachte sie an Rotbart, der draußen in der Eiseskälte saß und auf ein dunkles Küchenfenster starrte. Sie dachte an all die leckeren Törtchen, mit denen sie sich den Bauch vollgeschlagen hatte. Dann dachte sie wieder an Rotbart, der auf sein Essen wartete, im Dunkeln, und schließlich fortging, hungrig und enttäuscht.

Weinend sprang Finchen wieder aus dem Bett und kniete sich auf das Fensterbrett, die Stirn an die kalte Scheibe gepresst.

»Rotbart! Bitte! Komm heim, Rotbart! Bitte!«

Der Wind toste und brauste und heulte und pfiff um die

Schornsteine draußen in der dunklen Straße, aber Rotbart kam nicht.

Finchens Mutter hatte gesagt, dass Rotbart schon käme, wenn er Licht sähe. Finchen starrte nach unten in den Hof, aber durch das Fenster drang kein Licht. Die Vorhänge waren geschlossen. Finchen kletterte vom Fensterbrett herunter und lief zur Treppe.

»Mama, Mama«, rief sie.

Das Licht im Flur ging an.

»Was ist los?«, rief Finchens Mutter.

»Die Vorhänge sind zu, und Rotbart kann kein Licht sehen, und er wird glauben, dass wir noch immer bei Oma sind, und dann geht er wieder weg!«

»Weinst du?«, fragte ihre Mutter.

»Nein«, sagte Finchen, aber sie hatte die Augen dabei fest zusammengekniffen, denn das war gelogen.

»Geh zurück ins Bett. Rotbart wird schon nach Hause kommen, wann immer er will.«

»Bitte, zieh die Vorhänge auf, damit er dich sehen kann! Bitte, bitte, ja?«

»Schon gut, ich mach's. Aber du gehst jetzt schlafen. Morgen ist Schule.«

Das Licht im Flur ging wieder aus.

Finchen kehrte zurück auf das Fensterbrett und sah das Licht bis in den Hof scheinen. Ihre Mutter hatte die Vorhänge geöffnet.

»Rotbart! Du kannst jetzt kommen! Rotbart! Das Licht ist an und meine Mama ist da. Sie wird dir dein Abendbrot geben!«

Der Wind toste und brauste und heulte und pfiff um die Schornsteine draußen in der dunklen Straße, aber Rotbart kam nicht.

Finchen fürchtete sich vor dem Wind und der dunklen Nacht da draußen, aber sie konnte nicht ins Bett gehen, bevor Rotbart wieder zu Hause war. Also holte sie Percy aus dem Bett, und sie warteten zusammen auf der Fensterbank. Der kalte Wind drang durch die Fensterritzen. Finchen zitterte. Sie wickelte Percy und sich selbst in den Vorhang und wartete.

Rotbart kam nicht.

Finchen begann laut zu zählen, damit sie den Wind nicht so hörte. Sie zählte bis hundert, aber Rotbart kam nicht.

Sie begann noch einmal von vorne zu zählen. »Eins, zwei, drei, vier, fünf…«

Etwas machte ›plumps‹, und Finchen öffnete die Augen.

»Ich muss wohl eingeschlafen sein.« Percy war auf den Boden gefallen. Das Geräusch hatte sie geweckt. Finchen holte ihn wieder zu sich nach oben auf die Fensterbank und starrte aus dem Fenster. Der Wind heulte noch immer, aber der Mond war verschwunden und das Licht vom Küchenfenster ebenfalls. Finchens Mutter war zu Bett gegangen.

Finchen sah in Rotbarts Körbchen nach, aber Rotbart war nicht da. Sie starrte ins Dunkel der Nacht, versuchte möglichst weit zu sehen, aber Rotbart war nicht da.

Der Wind toste und brauste und heulte und pfiff um die Schornsteine, und Finchen drückte ein riesiger Kloß im Hals. Sie musste weinen. Dann hörte sie ein Geräusch, das nicht der Wind war. Zumindest glaubte Finchen, sie hätte etwas gehört. Hatte sie etwas gehört? Finchen lauschte angestrengt. Sie hörte den Wind, der toste und brauste und heulte und pfiff, und dann hörte sie eine schwache, leise Stimme aus weiter Ferne:

»Miauu, miauu, miauu ...«

Rotbart! Das war Rotbarts Stimme. Aber Rotbart kam nicht nach Hause.

Der Wind toste und brauste und heulte und pfiff.

»Miauu, miauu, miauu ...«

Warum kam er denn nicht? Warum maunzte er so kläglich? Warum war er so weit weg? Vielleicht hatte er sich verletzt! Vielleicht war er überfahren worden und konnte nicht mehr laufen!

»Miauu, miauu, miauu ...«

Finchen lief zur Treppe und dann in das Schlafzimmer ihrer Mutter. Sie zog an der Bettdecke.

»Mama, Mama!
Ich kann Rotbart hören,
da draußen im Dunkeln. Mama!«

Finchens Mutter hatte tief und fest geschlafen, aber sie fühlte Finchens Hand in ihrem Gesicht.

»Du bist ja eiskalt«, stellte sie verschlafen fest. »Warum bist du nicht in deinem Bett? Hast du schlecht geträumt? Komm zu mir und wärm dich ein wenig.«

Einladend hob sie die Decke hoch, damit Finchen zu ihr schlüpfen konnte. Finchen strömte die kuschelige Wärme aus dem großen Bett entgegen. Jetzt merkte sie erst richtig, dass sie fror, aber sie konnte nicht zu ihrer Mutter unter die warme Decke kriechen.

»Mama, ich kann Rotbart hören. Er ist da draußen und maunzt.«

»Das ist doch nur der Wind«, sagte Finchens Mutter, die Augen noch immer fest geschlossen.

»Das ist nicht der Wind«, rief Finchen. »Ich kann den Wind hören, und ich kann Rotbart hören. Vielleicht ist er überfahren worden und liegt verletzt am Straßenrand. Mama! Bitte! Wach auf! Bitte!«

Finchens Mutter streckte den Arm aus und knipste die Lampe auf dem Nachttisch an. Als sie Finchens bleiches, tränenüberströmtes Gesicht sah, machte sie die Augen richtig auf, setzte sich und nahm sie in den Arm.

»Finchen, du zitterst ja wie Espenlaub! Was ist denn nur los?« Sie versuchte, Finchen ins Bett zu ziehen, unter die schöne, warme Decke, und mit ihr zu kuscheln, aber Finchen sträubte sich.

»Wir müssen Rotbart retten. Komm mit in mein Zimmer, dann kannst du ihn auch hören. Rasch, Mama!«

Wenn Finchen quengelte oder jammerte und bettelte oder Hexen erfand, kam ihre Mutter nicht. Aber jetzt stand sie auf. Sie zog den Bademantel an, schlüpfte in die Hausschuhe und ließ sich von Finchen nach oben ans Fenster führen.

»Horch!«

Der Wind toste und brauste und heulte und pfiff um die Schornsteine draußen in der dunklen Straße.

»Hörst du? Das ist nur der Wind!«, erklärte Finchens Mutter.

»Pst, Mama, horch.«

Finchens Mutter schwieg und lauschte.

Der Wind toste und brauste und heulte und pfiff um die Schornsteine.

»Miauu, miauu, miauu«, maunzte Rotbart.

»Hörst du? Das ist Rotbart«, erklärte Finchen.

»Ja, ich habe es auch gehört. Das ist wirklich Rotbart. Zieh dich an. Beeil dich.«

Finchen ließ den Schlafanzug einfach an, so ging das Anziehen am schnellsten, aber als sie die Treppe hinunterlief, sah sie,

dass ihre Mutter sogar noch schneller gewesen war. Sie hatte bereits Mantel und Schal an und suchte in der obersten Küchenschublade nach der Taschenlampe, die sie immer benutzte, wenn die Sicherung heraussprang.

»Gott sei Dank haben wir die Lampe. Die Batterie ist zwar schon ziemlich schwach, aber sie funktioniert noch. Zieh deinen Mantel an und knöpf ihn bis oben hin zu.«

Als Finchen den Mantel bis oben hin zugeknöpft hatte, gingen sie zur Hintertür in die stürmische Nacht hinaus. Sie bogen um die Ecke und marschierten an der Rückseite der Häuser entlang.

»Woher weißt du, dass er hier ist?«, flüsterte Finchen.

»Weil dein Zimmer, von dem aus wir Rotbart gehört haben, zur Rückseite hinausgeht. Schau in alle Einfahrten und Tore. Du hast doch keine Angst, oder?«

»Nein«, antwortete Finchen und kniff die Augen dabei fest zusammen. Sie hatte ein wenig Angst, aber ihre Sorge um Rotbart war viel größer. Sie hielt die Hand ihrer Mutter und spähte in alle Tore und Einfahrten. Ihre Mutter leuchtete ihr mit der Taschenlampe. Manchmal sahen sie Käfer und einmal eine Maus, die verschreckt davonlief. Jemand hatte vergessen, die Wäsche abzunehmen, und so mussten sich die beiden einen Weg durch Hosenbeine und Tücher bahnen, die im heulenden Wind hin und her flatterten und ihnen heftig ins Gesicht schlugen.

»Rotbart«, flüsterte Finchen. »Rotbart, wo steckst du?«

»Du musst lauter rufen«, sagte ihre Mutter. »Wenn er deine Stimme hört, gibt er Antwort.«

»Rotbart! Rotbart!«, rief Finchen. Es kam ihr seltsam vor, mitten in der Nacht so laut zu rufen. »Rotbart! Rotbart!«

»Miauu, miauu, miauu!«

»Da ist er, Mama, da vorn, in der Einfahrt!«

Tatsächlich, da hockte er, zusammengesunken, halb erfroren, ein einziges Häufchen Elend. Das Fell stand ihm zu Berge, und die weiße Brust und die Pfoten waren ganz dreckverschmiert.

Finchen wollte ihn auf den Arm nehmen.

»Nicht«, hielt ihre Mutter sie davon ab. »Fass ihn nicht an. Bestimmt ist er verletzt, und wenn du ihn hochzunehmen versuchst, verletzt du ihn vielleicht noch mehr.«

»Was hat er denn nur, was ist passiert?«

»Das werden wir gleich wissen«, sagte ihre Mutter. »Halt du bitte die Lampe, damit ich nachsehen kann.«

Finchen hielt die Lampe, und ihre Mutter tastete Rotbart ganz vorsichtig vom Kopf bis zum Schwanz ab. Dann kamen die Beine und Pfoten an die Reihe.

»Chrrr«, fauchte Rotbart. Das war seine Art, ›Aua‹ zu sagen.

»Aha«, sagte Finchens Mutter.

»Was hat er denn? Ist er überfahren worden?«

»Nein, er ist in eine Scherbe getreten. Die steckt jetzt in seiner Pfote, deswegen kann er nicht mehr laufen. Es wird ihm bald wieder besser gehen. Wir bringen ihn heim.«

»Darf ich ihn tragen?«

»Nein. Er ist zu schwer für dich, und du könntest ihn versehentlich verletzen. Du trägst die Taschenlampe und hältst die Wäsche zur Seite, damit sie ihm nicht ins Gesicht schlägt.«

Als Finchens Mutter Rotbart vorsichtig auf den Arm hob, begann er zu schnurren.

»Hör doch nur«, sagte Finchen. »Warum schnurrt er so glücklich, wo die Scherbe doch noch in seiner Pfote steckt?«

»Er ist froh, dass wir ihn gefunden haben. Wenn du nicht gewesen wärst, hätte er die ganze Nacht hier draußen verbringen müssen, mutterseelenallein, halb erfroren, hungrig und mit schmerzender Pfote.«

Sie brachten Rotbart nach Hause in die Küche. Finchens Mutter entfernte die Scherbe mit einer Pinzette. Dann wusch sie ihm das Blut von der Pfote und betupfte die Wunde mit einem Desinfektionsmittel, so wie sie es immer machte, wenn Finchen sich verletzte.

»Wir können ihm aber kein Pflaster daraufmachen, oder?«

»Da hast du Recht. Ich werde ihm die Pfote einen oder zwei Tage lang verbinden. Danach heilt die Wunde besser, wenn Luft daran kommt, und er wird sie sich immer wieder sauber lecken.«

»Wie kommt denn das Blut auf seine Brust?«

»Ich habe keine Ahnung.« Finchens Mutter wusch sorgfältig Rotbarts Kinn und die Brust und untersuchte ihn noch einmal gründlich, fand aber keine weiteren Verletzungen.

Dann gab sie Rotbart den Napf mit dem Futter.

»Miau«, sagte Rotbart und schlich schnuppernd um den Napf. »Miau.« Aber er fraß nicht.

»Das ist doch dein Lieblingsfutter, Rotbart«, sagte Finchen und schob ihm den Napf direkt vor die Nase.

»Miau«, antwortete Rotbart, aber er fraß nicht.

»Einen Augenblick«, sagte Finchens Mutter, nahm Rotbart hoch und setzte ihn auf ihren Schoß. Dann schob sie den kleinen Finger vorsichtig von der Seite in sein Maul und öffnete es ein wenig. So konnte sie seine Zunge betrachten.

»Ach du meine Güte! Armer Rotbart. Er hat sich die Wunde geleckt und sich dabei auch noch die Zunge an der Scherbe geschnitten. Daher ist das Blut am Kinn und auf der Brust gekommen. Er wird eine ganze Weile nicht richtig fressen können.«

»Aber er muss doch etwas essen«, sagte Finchen, »sonst wird er verhungern.«

»Er muss vor allen Dingen trinken, das ist wichtiger. Er wird schon nicht verhungern.«

Finchens Mutter ging in die Vorratskammer, kramte lange Zeit in den Regalen herum und kehrte schließlich mit einem kleinen Fläschchen zurück.

»Das hat einmal dir gehört, als du noch ein Baby warst. Daraus hast du immer Orangensaft getrunken.«

»Aber Rotbart hat noch nie Orangensaft aus einer Flasche getrunken. Er weiß doch gar nicht, wie das geht.«

»Als Baby hat er bei seiner Mutter getrunken. Mit der verletzten Zunge wird er nicht saugen können, aber ich tröpfle

ihm die Milch ins Maul. Das wird schon irgendwie funktionieren.« Und es funktionierte.

»Lieber Himmel! Weißt du eigentlich, wie spät es ist? Es ist drei Uhr in der Nacht, und wir sitzen noch immer hier in unseren Mänteln da. Jetzt aber marsch ins Bett.«

Sie zogen sich wieder aus, und weil sie so durchgefroren waren, krochen sie alle zusammen ins Bett von Finchens Mutter. Rotbart lag mit seiner bandagierten Pfote auf der Bettdecke und schnurrte. Finchen kuschelte sich an ihre Mutter, und dazwischen, kaum zu erkennen, lugte eines von Percys Wollohren unter der Decke hervor.

Als Finchen die Augen aufschlug, blickte sie in das Gesicht ihrer Mutter. Im Radio unten spielte Musik, und draußen fegten die Nachbarn die Straße, schüttelten Fußabtreter aus und unterhielten sich. Der Wind fegte noch immer heulend ums Haus, aber nicht mehr so heftig. Und es roch nach Essen.

Finchen riss die Augen weit auf.

»Habe ich verschlafen? Komme ich zu spät zur Schule?«

»Du brauchst nicht in die Schule, zumindest heute Morgen nicht. Ich war schon bei Frau Wohlrab und habe ihr alles erklärt. Jetzt geh dich bitte waschen und anziehen.«

»Wo ist Rotbart?«

»Der sitzt unten auf dem Kaminvorleger und gibt kräftig an mit seinem Verband.«

»Kann er wieder fressen?«

»Er hat schon gefrühstückt«, sagte Finchens Mutter. »Lenas Mama hat mir den Pürierstab geliehen. Damit habe ich die Leber zu ganz feinem Mus zerkleinert und sie mit deiner Babyflasche auf Rotbarts Zunge getröpfelt. Er kann noch nicht wieder alleine fressen, aber er hat seine Mahlzeit genossen.«

Finchen lächelte. Dann hörte sie auf zu lächeln und schnupperte äußerst besorgt.

»Bekomme ich etwa auch Leber zum Mittagessen?«

»Aber nein, du bekommst ein leckeres kleines Schnitzel, Kartoffelbrei und Rosenkohl.«

Finchen lächelte wieder, stand auf und zog sich an.

Alle Nachbarn hatten von Rotbarts Missgeschick gehört, und einige brachten ihm Geschenke. Herr Schuhmacher schenkte Finchen ein gesprenkeltes Ei, damit sie nach der langen Nacht wieder zu Kräften kam. Frau Bock schickte Rotbart eine Dose seines Lieblingsfutters, für später, wenn er wieder richtig fressen konnte, und Lena kaufte ihm im Schreibwarenladen bei Herrn Buchner eine Aufziehmaus, weil er nicht draußen spielen konnte.

Als Rotbarts Pfote endlich verheilt war und er wieder nach draußen konnte, ging auch Finchen wieder nach draußen zum Spielen.

Es war nun auch nicht mehr so schrecklich kalt.

Sie lief die Straße hinunter zu Herrn Schuhmachers Schrebergarten und bedankte sich für das gesprenkelte Ei.

»Rotbart geht es schon wieder besser«, informierte sie ihn.

»Jou«, sagte Herr Schuhmacher. Er sagte immer ›jou‹, wenn er ›ja‹ meinte. Als Finchen ihn einmal fragte, warum er das tat, bekam sie keine Antwort. Herr Schuhmacher stand mitten in seinem Schrebergarten. Mit der Pfeife im Mundwinkel betrachtete er den Himmel. Es kam aber kein Rauch aus der Pfeife, denn Herr Schuhmacher hatte sich von seiner Bronchitis noch immer nicht richtig erholt. Die Hühner stiegen über seine großen Gummistiefel und pickten eifrig nach Würmern.

»Darf ich Ihnen beim Füttern helfen, Herr Schuhmacher?«, fragte Finchen.

»Jou«, sagte Herr Schuhmacher.

Während sie die Hühner fütterten, erzählte Finchen von Rotbarts Missgeschick: »Sein ganzes Fell war blutverschmiert, und er konnte nicht mehr richtig fressen, und ich hatte schon Angst, dass er sterben würde.«

»Wenn eine Katze sich ein Bein bricht, und die eine Hälfte des Beines liegt dort drüben«, Herr Schuhmacher deutete mit der Pfeife auf die Kohlköpfe, »und die andere Hälfte liegt hier vorn«, er deutete auf den Hühnerstall, »dann würden die zwei Beinhälften aufeinander zuspringen und einfach wieder am Bauch der Katze anwachsen. Um Katzen muss man sich nicht sorgen, Katzen haben neun Leben.«

»Was bedeutet das?«, wollte Finchen wissen.

Herr Schuhmacher gab ihr keine Antwort. Er redete nur, wenn er etwas sagen wollte. Wenn man ihn etwas fragte, war das für ihn noch lange kein Grund, eine Antwort zu geben. Herr Schuhmacher stellte das Hühnerfutter zur Seite, nahm ein Ei aus der Tasche und reichte es Finchen.

»Danke schön, Herr Schuhmacher. Muss ich jetzt gehen?«

Herr Schuhmacher gab ihr keine Antwort, sondern starrte ungerührt in den Himmel. Aus der Pfeife ertönte ein zischendes Geräusch.

»Wir bekommen bald Schnee«, sagte er schließlich und ging in den Schuppen.

Finchen starrte in den Himmel wie Herr Schuhmacher.

Reglos türmten sich die schweren, grauen Wattewolken übereinander. Sie konnte keinen Schnee entdecken, aber Herr Schuhmacher kannte sich aus mit dem Wetter.

»Wir bekommen bald Schnee!«, flüsterte sie. »Wir bekommen Schnee.«

Dann rannte sie nach Hause, so schnell sie konnte, um Rotbart die gute Nachricht zu überbringen.

Finchen im Schnee

Nach dem Tee half Finchen Schmidt, den Küchentisch abzuräumen. Dann breitete sie alte Zeitungen auf dem Tisch aus und holte sich den Zeichenblock, ein Marmeladenglas mit Wasser und den Farbkasten. Finchens Mutter machte es sich mit der Tageszeitung bequem, und Finchen begann, ein Bild zu malen.

»Mama, weißt du, was? Ich werde eine Winterlandschaft malen.«

»Fein«, sagte Finchens Mutter.

Finchen runzelte die Stirn, klemmte die Zungenspitze zwischen die Zähne und fing an. Zuerst zeichnete sie vor. Sie begann mit ihrem Haus, dann wollte sie die lange Reihe der ganzen anderen Häuser zeichnen, die genauso aussahen wie ihr Haus. Danach wollte sie all die anderen Straßen dahinter zeichnen, mit den Schornsteinen und den spitzen Abdeckungen. Und schließlich hinter den Häusern den großen Berg mit dem Turm oben auf dem Gipfel.

»Mama, weißt du, was? Ich male den Stadtberg mit dem Turm. Und unten am Berg, im Stadtwald, wo es nicht ganz so steil ist und man Schlitten fahren darf, male ich Kinder, die Schlitten fahren.«

»Fein«, sagte Finchens Mutter.

Erwachsene sagen immer ›fein‹, wenn sie nicht richtig zuhören. Und wenn sie nicht richtig zuhören, weil sie sich gerade unterhalten oder die Zeitung lesen oder sich anziehen, dann kommt man mit seiner eigenen Arbeit gut voran, weil man nicht ständig unterbrochen wird. Wenn man sie nicht stört, kann man sogar ganz lange aufbleiben, ohne dass sie es merken. Aber Finchen musste ihre Mutter kurz stören.

»Mama, darf ich den Vorhang aufmachen? Ich möchte sehen, wenn es zu schneien anfängt.«

»Nein, lieber nicht«, sagte Finchens Mutter. »Draußen ist es kalt und dunkel, und es wird grässlich ziehen.«

»Aber, Mama, es wird bald schneien. Herr Schuhmacher hat's gesagt!«

»Dann schau halt immer mal wieder nach.«

»Ich möchte dabei aber gerne weitermalen. Darf ich den Vorhang nur ein ganz kleines bisschen aufmachen? Bitte, Mama, sag ja.«

»Na gut, aber wirklich nur ein ganz kleines bisschen.«

Finchen zog den Vorhang gerade so weit auf, dass sie nach

draußen in den Hof sehen konnte. Sie freute sich sehr darüber, aber sie hatte ihre Mutter auf sich aufmerksam gemacht.

»Heute abend schaffst du nicht mehr all das zu malen, was du dir vorgenommen hast. Zeichne das Bild heute vor, und morgen kannst du es dann ausmalen.«

Finchen bettelte nicht, sie sagte nicht: ›Mama, bitte!‹ Sie zeichnete einfach weiter. Hin und wieder blickte sie auf, um durch den Spalt im Vorhang nach draußen zu sehen. Sie zeichnete ihr Haus mit der Haustür und dem Fenster. Vor der Haustür saß Rotbart. Dann zeichnete sie das Nachbarhaus, in dem Lena wohnte. Bei Lena saß keine Katze vor der Tür, aber der Kinderwagen, in dem Lenas kleiner Bruder schlief, stand vor dem Haus, und ans Fenster zeichnete Finchen eine Vase mit künstlichen Blumen. Finchen unterbrach ihre Arbeit und spähte nach draußen in die Dunkelheit. Keine einzige Schneeflocke in Sicht.

Finchen zeichnete weiter. Dann unterbrach sie ihre Arbeit wieder.

»Mama?« Sie hatte ganz vergessen, dass sie ihre Mutter nicht mehr stören wollte. »Ich möchte auch das Haus von Gerrit Graf und Robert Becker und Jakob Kunstmann und Stefan Schneider zeichnen. Die wohnen aber alle auf der anderen Seite der

Straße. Darum kann man ihre Häuser auf meinem Bild eigentlich nicht sehen.«

»Dann verleg ihre Häuser doch einfach auf unsere Seite.«

»Darf man das denn?«

»Aber natürlich«, lachte Finchens Mutter. »Es ist dein Bild, und du kannst es so malen, wie es dir gefällt.«

Also zeichnete Finchen das Haus von Gerrit Graf mit Gerrit vor der Haustür. Er hatte die Pantoffeln mit dem Reißverschluss vorne an. Dann zeichnete sie Robert Beckers Haus. Robert ließ gerade seine Batman-Figur am Fenster fliegen.

Dann unterbrach Finchen ihre Arbeit und spähte nach draußen in den dunklen Hof. Keine einzige Schneeflocke in Sicht.

Finchen zeichnete weiter. Sie zeichnete Jakob Kunstmanns Haus und Lisa, Jakobs Katze, die gerade zur Tür hinauslief. Lisa war Rotbarts Mutter. Sie kam die Straße hoch, um ihren Sohn zu besuchen. Dann zeichnete sie Stefan Schneiders Haus. Stefans Fahrrad lehnte draußen an der Wand. Das Fahrrad hatte Stützräder. Manchmal erlaubte er Finchen, damit zu fahren. Jakob Kunstmann hatte auch ein Fahrrad. Manchmal erlaubte

er Finchen, damit zu fahren. Aber an seinem Fahrrad waren keine Stützräder, darum musste er sie dann halten. Jakob war schon groß. Er brauchte keine Stützräder mehr.

»Wirklich fein«, sagte Finchens Mutter. Aber jetzt hörte sich das ganz anders an als vorher, denn sie stand hinter Finchen und betrachtete das Bild aufmerksam. »Hast du eigentlich schon entschieden, wen du nun heiraten wirst? Jakob oder Stefan?«

»Ich werde überhaupt nicht heiraten«, sagte Finchen. »Wenn man heiratet, muss man sie küssen, und Jungen riechen eklig. Warum riechen sie eigentlich so eklig, Mama?«

»Wegen ihrer Taschen«, sagte Finchens Mutter. »Sie bewahren darin ihren ganzen alten, vergammelten Kram auf. Tote Käfer in Streichholzschachteln zum Beispiel oder schmutzige Bindfadenreste und alte Bonbons. Wenn du dich nun entschlossen hast, nicht zu heiraten, dann verrate mir doch, wer es ist, den du nicht heiraten wirst? Jakob oder Stefan?«

Finchen zeichnete den hohen Berg mit dem Turm auf dem Gipfel, während sie darüber nachdachte. »Jakob, weil er mir Rotbart gegeben hat. Stefan auf keinen Fall, der hat einmal nach Herrn Schuhmachers Hühnern getreten.«

»Aber Stefan nimmt dich mit zum Fischen.«

»Sein Vater nimmt uns mit«, sagte Finchen. »Ich wünschte, ich hätte auch einen Vater. Ich hätte viel lieber einen Vater, als zu heiraten, und überhaupt, Stefan hat nur ein Fahrrad mit Stützrädern. Jakob hat ein richtiges Fahrrad.«

»Damit wäre die Frage ja geklärt«, sagte Finchens Mutter. »Jetzt räume bitte deine Malsachen weg und geh ins Bett.«

»Aber ich will auf den Schnee warten«, sagte Finchen. »Bitte, darf ich? Bitte!«

»Hör auf zu betteln und sieh aus dem Fenster!« Finchens Mutter zog den Vorhang ganz zurück.

Draußen im dunklen Hof segelten große Schneeflocken durch die Luft. Sie schwebten ganz langsam herunter, torkelten hin und her, als würden sie den Weg nicht kennen.

»Ooooh«, flüsterte Finchen, »schau nur, Mama, schau ...«

Sie schauten beide. Die Schneeflocken fielen immer dichter und schneller, so, als müssten sie jetzt, da sie alle zusammen waren, nicht mehr den Weg nach unten suchen.

»Mama, das sind ja viele Hundert, Tausend, Millionen Schneeflocken! Davon wird einem ja ganz schwindlig. Aber wohin verschwinden sie denn nur, Mama? Warum ist der Hof nicht schon ganz weiß?«

»Der Schnee bleibt nicht liegen. Noch nicht.«

»Wann bleibt er denn liegen?«, wollte Finchen wissen.

»Wenn es die ganze Nacht weiterschneit, wird er liegen bleiben. Lass dich überraschen. Jetzt aber ab ins Bett mit dir. Je eher du schläfst, um so schneller kommt der Morgen. Räum noch rasch deine Sachen vom Tisch.«

Finchen räumte den Tisch auf und machte sich schnell fertig fürs Bett, damit es möglichst rasch Morgen wurde. Als sie das Licht ausgemacht hatte und Rotbart zusammengerollt in seinem Körbchen lag, kuschelte sich Finchen an Percy, ihren Pandabären, und vertraute ihm ihre heimlichen Wünsche an.

»Ach Percy, wenn ich doch nur einen Schlitten hätte! Schlitten fahren ist viel schöner als Schneeballschlachten machen oder auf dem Eis rutschen. Im Hof baue ich einen Schneemann, für Rotbart. Wenn ich dann in der Schule bin, kann er sich neben ihn setzen. Hoffentlich kriegen wir richtig viel Schnee.«

Sie streckte den Kopf unter der Decke hervor und horchte angestrengt, vernahm aber keinen einzigen Laut.

»Pst, Percy, hör auf zu atmen.«

Noch immer kein einziges Geräusch.

»Pst, Rotbart, hör auf zu schnurren. So viele Schneeflocken müssen doch wenigstens ein ganz, ganz leises Geräusch machen.«

Aber da war kein ganz, ganz leises Geräusch. Da war überhaupt kein Geräusch. Es war so still, das Finchen und Rotbart schon bald tief und fest schliefen. Nur Percys Augen waren noch weit geöffnet. Pandas kennen sich aus mit Schnee, und Finchen behauptet, dass Percy sich bewegt, wenn niemand zuschaut. Vielleicht lag er in dieser Nacht wach, um dem Schnee zuzusehen.

»Finchen, Finchen! Wach auf und sieh aus dem Fenster!«

Verschlafen sprang Finchen aus dem Bett und wäre mit dem Fuß fast in Rotbarts Körbchen gelandet. Rotbart öffnete kurz ein Auge, streckte sich, rollte sich wieder zusammen und schlief weiter.

Finchen zog den Vorhang zur Seite und setzte sich aufs Fensterbrett. Sie wusste noch, dass es da etwas gab, auf das sie sich freute. Darum war sie ja auch sofort aus dem Bett gesprungen.

Aber sie wusste nicht mehr, worauf, denn sie war noch ganz verschlafen, und die Augen wollten einfach nicht offen bleiben. Weihnachten war es nicht, Weihnachten war schon vorbei. Aber worauf freute sie sich dann? Finchen versuchte, endlich richtig wach zu werden. Aber je mehr sie sich bemühte, die Augen aufzureißen, um so schwerer fiel es ihr. Sie klappten einfach immer wieder zu. Alles sah so seltsam aus. Finchen blinzelte und starrte nach draußen und blinzelte wieder. Aber sie begriff nicht, was sie da sah. Sie wischte mit der warmen Hand über die kalte Scheibe und blinzelte noch heftiger, versuchte sich zu erinnern. Als erstes fiel ihr der Schnee wieder ein, und dann die Winterlandschaft, die sie gezeichnet hatte. Schlagartig wachte sie auf.

»Mama!«, rief sie. »Mama, der Schnee ist liegen geblieben!«

Sie guckte aus dem Fenster und guckte und guckte. Jetzt war sie richtig wach, aber alles sah so seltsam aus. Einige Dinge sahen so aus wie immer, aber andere erkannte sie gar nicht wieder. Finchen konnte einige schwarze Schornsteine entdecken und dahinter ein paar graue und dahinter einige Schornsteine, die waren so farblos und blass, dass sie wie Geisterschornsteine aussahen, und dahinter waren überhaupt keine Schornsteine mehr, obwohl da eigentlich noch ganz viele hätten sein müssen. Aber da war nichts mehr. Und noch weiter hinten, wo der Berg mit dem Turm sein musste, war auch nichts mehr, und darüber war auch nichts mehr, sogar der Himmel war verschwunden.

Finchen schaute in den Hof, wo der Schnee liegen geblieben war. Sie entdeckte die Borsten von einem Besen, die noch soeben aus dem Schnee herausragten, und den Rand von einem Eimer, der umgefallen war. Aber strahlend weißer Schnee musste doch glitzern und funkeln. Doch dieser Schnee war überhaupt nicht richtig weiß, sondern blass und farblos, so trüb wie der Himmel und der Blick in die Richtung, wo sonst immer der Berg mit dem Turm zu sehen war. Egal wie heftig Finchen zwinkerte, sie konnte nichts richtig erkennen. Die ganze Welt wirkte öde, grau und trüb.

»Siehst du?«, sagte Finchens Mutter. »Ich hab dir doch gesagt, dass er liegen bleibt.« Sie hob Percy zu Finchen auf die Fensterbank und begann, das Bett abzuziehen.

Finchen dachte angestrengt nach und runzelte die Stirn.

»Mama«, sagte sie schließlich, als sie fertig nachgedacht hatte, »Mama, weißt du, was?«

»Was denn?«

»Das ist nur ein Bild.«

»Was ist nur ein Bild?«

»Der Schnee. Das ist nur ein Bild, das noch nicht fertig ist. Es fehlen noch jede Menge Schornsteine und der Stadtberg und der Turm. Sieh doch selbst. Das Bild ist noch gar nicht fertig.«

Finchens Mutter sah aus dem Fenster und lachte.

»Nun ja, das alles fehlt auf deinem Bild ja auch noch, oder? Mach dir keine Gedanken. Das zeigt nur, dass es noch kräftig schneien wird. Danach kommt wieder die Sonne hervor und mit ihr die Farben. Sie wird den Schnee zum Glitzern bringen. Wechsle bitte rasch Rotbarts Körbchendecke, und dann zieh dich an, sonst kommst du noch zu spät zur Schule.«

Rotbarts Körbchen war mit der Wollfüllung aus einem alten Kissen ausgepolstert, damit er es schön weich und bequem hatte. Über dieser Wollfüllung lag ein altes Geschirrtuch als Decke. Wenn Finchens Mutter Finchens Bettwäsche wechselte, wechselte Finchen auch Rotbarts Decke. Als Finchen sich fertig angezogen hatte, nahm sie das schmutzige Geschirrtuch mit nach unten und wusch es in einer Schüssel in der Küche aus.

»Das hänge ich jetzt besser nicht nach draußen zum Trocknen, oder?«

»Lieber nicht. Es wird bald wieder schneien. Wring es nur ordentlich aus, und lass es dann liegen. Du musst jetzt frühstücken.«

Nach dem Frühstück kam Lena von nebenan und klapperte am Briefkasten. Finchen knöpfte sich den Mantel zu.

»Bind dir den Schal um«, rief Finchens Mutter. »Hast du deine Handschuhe?«

»Ja«, rief Finchen und kniff dabei die Augen fest zusammen, denn sie hatte nur einen braunen Handschuh in der Tasche ihres grünen Anoraks. Sie zog den Handschuh an, legte sich den kratzigen grünen Schal lose um den Hals und rannte zur Tür.

»Tschüss Mama!«, rief sie.

»Bind dir den Schal richtig um!«, rief Finchens Mutter. Sie hatte aber nicht gemerkt, dass Finchen nur einen Handschuh trug. Die andere Hand hatte Finchen nämlich in der Tasche versteckt.

Finchen und Lena gingen die Straße hinunter zur Schule. Gerrit Graf und Robert Becker rannten vorbei und kickten ihnen den weichen Schnee ins Gesicht.

»Das sag ich!«, rief Lena. »Das sag ich! Und wenn ihr mit Schneebällen werft, sage ich es Frau Pohl. Dann kriegt ihr richtig Ärger!«

»Heulsuse, Heulsuse!«, schrie Robert.

»Petze, Petze!«, schrie Gerrit. Dann stürmten sie davon.

»Petzen ist blöd«, sagte Finchen.

»Das ist mir egal«, sagte Lena. »Ich verpetze, wen ich will, und überhaupt, ich bekomme einen Schlitten. Meine Mutter kauft mir einen, heute Nachmittag.«

»Einen richtigen Schlitten? Ganz für dich allein?« In Finchens Brust machte es bum! bum! bum! »Darf ich auch mal damit fahren?«

»Vielleicht«, sagte Lena. »Nach der Schule. Aber nur, wenn ich heute den ganzen Tag bestimmen darf, was wir spielen.«

»Na gut«, sagte Finchen. Sie kamen an Herrn Schuhmachers Schrebergarten vorbei. »Warte mal«, sagte Finchen. »Ich muss den Hühnern guten Morgen sagen.«

»Das ist doch blöd«, sagte Lena.

»Ist es nicht«, sagte Finchen. »Die Hühner sind nämlich meine Freunde.«

»Hühner können keine Freunde sein«, sagte Lena, »und überhaupt, du musst machen, was ich sage, sonst darfst du nicht mit meinem Schlitten fahren. Und ich sage, wir gehen jetzt weiter zur Schule.«

Und sie gingen weiter zur Schule.

Es war ein grässlicher Morgen. Sie mussten schwere Rechenaufgaben lösen, und Finchen wollte es nicht so recht gelingen. Mit schweren Rechenaufgaben war es so ähnlich wie mit dem Stricken. Man versuchte es und versuchte es, aber heraus kam nur ein einziges Durcheinander. Lena hatte auch nicht richtig gerechnet, aber das kümmerte sie nicht weiter. Lena schrieb einfach nur die Zahlen ab. Dann räumte sie ihr Federmäppchen auf und erzählte allen, dass sie einen neuen Schlitten bekam. Anna und Tahara fragten, ob sie auch mal fahren dürften, und Lena sagte ja. Anna gab ihr eine Rolle Pfefferminzdrops, und Tahara gab ihr einen Armreif. In Finchens Brust machte es bum! bum! bum!, denn wenn jeder mit Lenas Schlitten fahren wollte, dann blieb vielleicht gar keine Zeit mehr übrig, dass sie auch noch fahren konnte. Sie hatte keine Bonbons und auch keinen Armreif zu verschenken.

Selbst die Pause war schrecklich, denn es hatte wieder zu schneien begonnen, und Frau Pohl, die Direktorin, ging in jede Klasse, um Bescheid zu sagen, dass heute niemand nach draußen in den Pausenhof durfte. Was hatte der Schnee für einen Sinn, wenn man nicht nach draußen durfte? Alle mussten während der Pause im Klassensaal bleiben. Immer mehr Kinder fragten Lena, ob sie auch einmal mit ihrem Schlitten fahren dürften, und Finchen machte sich immer größere Sorgen. Nach der Pause, als alle mit Lesen beschäftigt waren, sagte Frau Wohlrab, Finchen müsse ihre gesamten Rechenaufgaben noch einmal rechnen, denn kein einziges Ergebnis sei richtig. Draußen hinter dem großen Fenster schneite es noch immer, es schien gar nicht mehr aufhören zu wollen. Der Himmel war ganz grau, und sie mussten das Licht anmachen, damit sie lesen konnten. Im Klassensaal war es viel zu warm und stickig, und es roch nach Fisch. Finchen hatte die Nase voll.

Zu Mittag gab es Fischstäbchen mit Erbsen und grässlichen, kleinen, vertrockneten Pommes frites. Frau Pohl pfiff auf ihrer Pfeife und schimpfte, weil alle so einen Lärm machten und die Erbsen vom Teller auf den Boden schnippten und sie dann platt traten. Frau Pohl sagte, dass sie heute den ganzen Tag nicht in den Pausenhof durften, weil das Wetter so schlecht sei. Im Klassensaal wurde es immer heißer, die Luft immer stickiger. Lena verlangte von jedem, der mit ihrem Schlitten fahren wollte, ›Ich sehe was, was du nicht siehst‹ mit ihr zu spielen. Robert sagte, das sei ein langweiliges Spiel. Aber er hatte ja auch einen eigenen Schlitten. Finchen fand das Spiel auch langweilig, aber sie spielte mit. Als die Schule endlich aus war und alle nach Hause gingen, kamen Lena und Finchen wieder an Herrn Schuhmachers Schrebergarten und den Hühnern vorbei. Als sie Finchen kommen sahen, hörten sie auf, im weichen Schnee zu scharren, und schauten sie erwartungsvoll an. Vielleicht brachte sie ja etwas Futter mit. Die Hühner waren ganz weiß vor lauter Schnee, und sie mussten sich schütteln und plustern,

um ihn wieder loszuwerden. Sie fiepten leise, aber Finchen schaute sie nur an, weil Lena sich bei ihr einhakte und sie rasch am Schrebergarten vorbeizog.

»Was ist denn mit dir los?«, fragte Finchens Mutter, als Finchen nach Hause kam.

»Ich hab die Nase voll«, sagte Finchen, »und ich habe Durst und Hunger.«

»Zieh erst einmal deine Stiefel aus und die Hausschuhe an. Wasch dir Gesicht und Hände, und deck schon mal den Tisch. Ich muss nur noch rasch diese Naht hier fertig nähen.«

Finchens Mutter nähte Kleider für andere Mütter, und manchmal nähte sie auch eines für Finchen. Wenn sie Hochzeitskleider oder andere Festkleider nähte, sammelte Finchen die Reste der Seiden- und Spitzenstoffe für ihre Puppe. Als sie die Hausschuhe angezogen hatte, ging sie nachsehen, was ihre Mutter gerade nähte. Es war ein dicker, steifer Wollstoff, der ebenso grau und düster war wie der Himmel und der Schnee.

»Ach, Mama, ich habe die Nase so voll«, erklärte Finchen. Am liebsten hätte sie geweint.

»Wasch dir die Hände«, sagte Finchens Mutter. »Du bist hungrig, das ist alles. Hast du in der Schule nichts gegessen?«

»Es hat nicht geschmeckt«, sagte Finchen. »Mama, Lena bekommt einen neuen Schlitten, und sie hat gesagt, ich darf nach der Schule auch einmal damit fahren, aber sie hat es jedem versprochen, und es wird nicht genug Zeit sein, dass ich auch einmal fahren kann.«

»Lena geht heute nicht Schlitten fahren. In zwei Minuten ist es dunkel. Und es schneit noch immer viel zu heftig. Wasch dir die Hände.«

Finchen wusch sich die Hände an der Spüle in der Küche. Sie schniefte ein wenig, weil sie am liebsten geweint hätte. Dann schniefte sie noch einmal.

»Käseauflauf!«, rief sie begeistert.

»Genau!«

»Mit einer schönen, knusprigen Kruste?«

»Meine Aufläufe haben immer eine schön knusprige Kruste«, sagte Finchens Mutter.

»Und weiße Bohnen in Tomatensoße?«

»Und weiße Bohnen in Tomatensoße«, sagte Finchens Mutter. »Na, geht's dir jetzt wieder besser?«

»Schon viel besser! Und nach dem Essen kann ich das Bild fertig malen.«

Nach dem Essen malte Finchen. Ihre Mutter setzte sich zu ihr und säumte das Kleid aus dem dicken grauen Wollstoff.

Finchen hatte einen Malkasten mit lauter kleinen Farbvierecken. Unter jeder Farbe stand der Name. Finchen mochte die Namen fast ebenso gern wie die Farben. Am besten gefielen ihr Zinnoberrot, Karmesinrot, Kobaltblau und Ockergelb. Das waren hübsche Namen. Manche hatten sogar solch ausgefallene Namen, dass man nie auf die Farbe kommen würde, wenn man nicht hinschaute, wie zum Beispiel gebrannte Umbra oder Siena natur oder Indigo. Manchmal überlegte Finchen, ob sie ihre Mutter nicht fragen sollte, was die Namen bedeuteten. Aber dann tat sie es doch nicht, weil sie den geheimnisvollen Klang so liebte. Manchmal sagte sie sich die Namen vor, lautlos, sozusagen in Gedanken, doch sie sprach mit niemandem darüber. Nun aber hatte sie ein Problem, und sie musste ihre Mutter um Hilfe bitten.

»Mama?«

»Ja?«

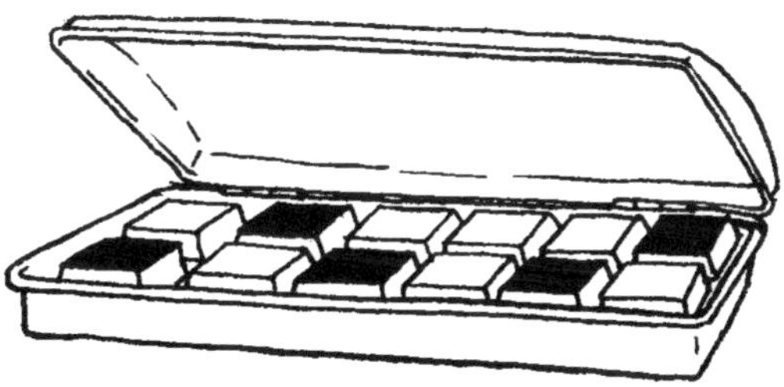

»Ich weiß nicht, was ich machen soll. Ich habe zwar auch Deckweiß, aber Schnee kann ich damit nicht malen.«

»Warum denn nicht?«

»Weil das Papier weiß ist. Wenn ich mit Deckweiß auf weißem Papier male, sieht man es nicht.«

»Dann brauchst du auch nichts zu Weißes malen, oder? Dein Papier ist weiß, das ist der Schnee. Jetzt musst du nur noch alles das malen, was nicht vom Schnee bedeckt ist.«

»Zum Beispiel Lena und Lenas Schlitten?«

»Genau. Und Rotbart.«

»Rotbart hat vielleicht ein bisschen Schnee auf dem Fell. Die Hühner von Herrn Schuhmacher hatten auch überall Schnee auf den Federn.«

»Du musst sehr gut aufpassen bei den Sachen mit nur ein bisschen Schnee. Mal nur alles das, was nicht vom Schnee bedeckt ist.«

»Ja, das mach ich«, sagte Finchen. »Aber auf meinem Bild scheint die Sonne, damit man alles gut sehen kann und der Schnee schön glitzert.« Sie tauchte den Pinsel ins saubere Wasser, klemmte die Zunge zwischen die Zähne und begann zu arbeiten. Das dauerte sehr lange, und Finchen wurde sehr müde, denn ihre Bettzeit war schon längst vorbei, aber ihre Mutter ließ sie das Bild zu Ende malen. Finchen musste nicht einmal den Tisch abräumen, denn das Bild sollte zum Trocknen liegen bleiben.

»Wasch nur rasch die Pinsel aus. Den Rest räume ich später weg.«

Als Finchen endlich in ihr Bett schlüpfte, konnte sie nicht einmal mehr Rotbart und Percy von dem Bild erzählen, so rasch war sie eingeschlafen.

»Finchen, Finchen! Wach auf, und sieh aus dem Fenster!«

Finchen sprang aus dem Bett, zog den Vorhang zur Seite und blinzelte, weil die helle Wintersonne sie blendete.

»Percy!«, rief sie. »Percy! Rotbart! Kommt gucken! So sieht eine richtige Winterlandschaft aus!«

Sie wickelte Percy aus der warmen Decke und setzte ihn aufs Fensterbrett. Rotbart sprang selbst dort hinauf. Er gähnte, blinzelte und kniff die Augen angesichts des strahlenden Wintermorgens rasch wieder zu.

Was für eine Winterlandschaft! Nichts fehlte, weder der blaue Himmel und der dunkle Turm noch das Rotkehlchen, das auf der Mauer hüpfte und eine feine Linie in den Schnee zog. Der Eimer und der Besen im Hof waren beinahe vom Schnee begraben.

»Rotbart«, sagte Finchen, »ich glaube, du gehst heute besser nicht nach draußen, sonst versinkst du vielleicht im Schnee. Du bist schließlich nicht sehr groß.« Rotbart sprang vom Fensterbrett und kehrte in sein Körbchen zurück. Percy kuschelte sich wieder in die Decke, die noch immer gemütlich warm war.

Aber Finchen wollte nicht mehr ins Bett. Es war Samstag! So schnell sie konnte, wusch sie sich, zog sich an und rannte nach unten in die Küche, wo es nach Speck und heißem Tee roch.

»Mama, ich muss Lena abholen, bevor die anderen kommen, sonst lässt sie mich nicht mit ihrem Schlitten fahren.«

»Setz dich und frühstück erst einmal«, sagte Finchens Mutter.

Finchen setzte sich. Sie aß ein Müsli mit warmer Milch und einen Toast mit Schinken und Tomate. Dann trank sie noch ein bisschen Tee mit Milch. »Darf ich jetzt Lena abholen?«

»Zieh dir noch ein zweites Paar Socken an«, sagte Finchens Mutter. »Und bring mir deinen Mantel. Ich wärme ihn ein wenig auf.«

Finchen brachte ihrer Mutter den alten, blauen Mantel, den sie immer zum Spielen anzog, und auch die kratzige Mütze und den kratzigen Schal zum Aufwärmen. »Die Handschuhe brauchst du nicht zu wärmen«, sagte sie. Ihre Mutter sollte nicht merken, dass sie einen Handschuh verloren hatte. Als Finchen sich schön warm eingemummelt hatte, ging sie hinaus und machte mit ihren Stiefeln zwei schöne Fußabdrücke vor die Haustür. Das Licht war so hell, dass sie wie Rotbart die Augen fest zusammenkneifen musste, während sie eine breite Reihe Fußspuren bis zu Lenas Haustür zog. Sie klapperte am Briefkasten und ging hinein. Bum! Bum! Bum! Ihr Herz schlug ganz laut, wenn sie an Lenas neuen Schlitten dachte.

»Kommt Lena spielen?«, fragte Finchen.

Der Kamin mit dem künstlichen Feuer brannte, und alles sah sehr ordentlich und aufgeräumt aus. Lena saß im rosafarbenen Bademantel auf dem geblümten Teppich und schrie.

»Ich will die Gummistiefel aber nicht anziehen! Ich will nicht! Ich will nicht! Ich will nicht! Ich will nicht!« Lena schrie und schrie und trommelte mit den Hacken auf den Boden.

»Finchen hat auch Gummistiefel an«, sagte Lenas Mutter. »Du kannst doch nicht mit deinen besten Schuhen nach draußen in den Schnee gehen.«

Finchen wartete, dass Lena mit dem Schreien aufhörte. Lena hörte nur auf, wenn sie bekam, was sie haben wollte, und manchmal half nicht einmal das. Finchen schaute sich im Zimmer um. Da stand kein Schlitten. Vielleicht war er ja in der Küche.

»Kann ich bitte etwas zu trinken haben«, fragte Finchen Lenas Mutter.

»Ja, bedien dich.« Lenas Mutter hatte mit Lena, die sich anziehen sollte, alle Hände voll zu tun.

Finchen ging in die Küche. Sie holte sich aber gar kein Glas Wasser. Sie sah sich nur um.

Da stand der Schlitten, neben der Tür, eingepackt in einem leuchtend grünen Plastiksack. Finchen konnte die Metallkufen sehen, die aus dem Sack ragten, und die Eisenstange mit dem Seil. Der Schlitten war rot und nagelneu. In Finchens Brust machte es bum! bum! bum! Wenn Lena sich doch nur anziehen würde, damit sie endlich zur Rodelbahn in den Stadtwald gehen konnten, bevor die anderen alle kamen und mit Lenas Schlitten fahren wollten.

Finchen kehrte zurück ins Wohnzimmer. Lena trug ihren rosafarbenen Anorak mit Pelzbesatz an der Kapuze und rote Gummistiefel. Sie weinte nicht mehr.

»Ich bekomme richtige rosa Schneestiefel, passend zu meinem Anorak«, sagte sie. Dann nahm sie ihre Puppe. »Komm, wir gehen mit unseren Puppen ein wenig im Schnee spazieren.«

»Gehen wir nicht in den Stadtwald? Alle anderen gehen Schlitten fahren.«

»Wir können auch hingehen, wenn du willst«, sagte Lena. »Aber ich nehme den neuen Schlitten nicht mit. Sonst will jeder damit fahren, und er wird ganz verkratzt und schmutzig.«

»Wozu hast du denn dann einen Schlitten?«, fragte Finchen. »Wenn du willst, trage ich ihn für dich, dann musst du ihn nicht die Straße hochziehen. Und in dem grünen Plastiksack wird er bestimmt nicht schmutzig. Das verspreche ich.«

»Du kannst ihn tragen«, sagte Lena, »aber pass bloß auf, dass kein Kratzer drankommt, sonst sage ich es meiner Mama, und dann musst du mir einen neuen kaufen.«

Finchen und Lena gingen los.

Ein Schlitten ist nicht schwer, wenn man ihn an einer Schnur im Schnee hinter sich herzieht, aber wenn man ihn tragen muss, ist er ganz schön schwer. Finchen trug Lenas Schlitten um die Ecke, und die ganze Straße hinauf, vorbei an Herrn Schuhmachers Schrebergarten, vorbei an der Schule, vorbei an dem Zaun vom Pausenhof und den ganzen Weg zum Stadtwald hoch. Als sie unten an der Rodelbahn ankamen, schnappte Finchen schwitzend nach Luft. Ihr Gesicht war ganz rot, und die Arme taten ihr weh, und sie schwitzte. Der kratzige grüne

Schal war ganz warm und feucht geworden und juckte grässlich, aber sie durfte ihn nicht ausziehen. Finchen setzte den Schlitten an der Seite der Rodelbahn neben einem Graben voller Schnee ab und lockerte den Knoten des Schals unter ihrem Kinn ein bisschen.

Robert Becker kam die Rodelbahn auf einem schwarz angemalten Schlitten heruntergesaust. Den Mantel hatte er nur mit dem obersten Knopf verschlossen, so dass er wie ein Umhang hinter ihm herflatterte.

»Da-da-da-da-da-da. Da-da-da-da-da. Batman!« Er bremste mit den Füßen, um nicht im Graben zu landen. Der Schnee spritzte hoch auf und umhüllte Lena wie eine Wolke.

»Das sag ich meiner Mama«, rief Lena. Robert feuerte ein paar Todesstrahlen auf sie ab und zog seinen Schlitten wieder den Hügel hoch.

Stefan Schneider kam die Rodelbahn herunter. Gerrit hatte seinen Schlitten mit einer Schnur an Stefans festgebunden.

»Nicht so schnell«, rief Gerrit.

»Alter Feigling!«, rief Stefan und holte mit den Füßen noch mehr Schwung. Sie wurden schneller und stürzten in den Schnee. Gerrit weinte.

Jakob Kunstmann kam mit seinem alten braunen Schlitten den Berg hinunter. Er fuhr sehr schnell, aber er stürzte nicht. Am Ende der Bahn bremste er mit den Füßen und ließ dabei den Schnee hoch aufspritzen. Genau vor dem Graben kam er zum Stehen.

Jakob entdeckte Finchen. »Willst du auch mal?«

»Nein, ich bin mit Lena hier«, sagte Finchen.

Jakob schnitt eine Grimasse und zog den Schlitten wieder nach oben.

»Komm schon«, sagte Finchen zu Lena. »Wir ziehen den Schlitten auch hoch.«

»Ich nicht«, sagte Lena. »Hier sind mir zu viele freche Jungs. Bestimmt machen sie mir die Puppe kaputt. Und überhaupt, ich ziehe den Schlitten nicht den Berg hoch. Das ist viel zu schwer.«

»Dann ziehe ich ihn eben«, sagte Finchen. »Du trägst den Plastiksack. Wir können uns darauf ausruhen, wenn wir eine Pause machen wollen.«

»Ich will den Plastiksack nicht«, sagte Lena. »Den kannst du behalten. Aber du musst meinen Schlitten auch nach oben ziehen.«

»In Ordnung. Aber dann musst du mich auch einmal fahren lassen.«

»Nun mach schon, zieh ihn hoch«, sagte Lena. Sie stiegen den Hügel hinauf.

Als sie oben ankamen, drehte Finchen den roten Schlitten herum. Lena setzte sich mit ihrer Puppe darauf.

»Wenn du das Seil halten und lenken willst, dann musst du die Puppe in deinen Mantel stecken«, sagte Finchen. »Oder soll ich von hinten lenken?«

Lena antwortete nicht. Sie zog den Reißverschluss von ihrem Anorak ein wenig auf, steckte die Puppe hinein und zog den Reißverschluss wieder zu, damit die Puppe nicht herausfallen konnte. Dann stieß sie sich mit ihren roten Gummistiefeln ab, und der Schlitten setzte sich in Bewegung.

»Warte«, rief Finchen. »Du musst weiter nach vorn rutschen, sonst passe ich nicht drauf!«

»Du sollst auch nicht drauf«, sagte Lena. »Auf dem Schlitten darf immer nur einer fahren, sonst geht er kaputt.«

»Alle andern fahren zu zweit«, sagte Finchen.

»Ich nicht«, sagte Lena. »Mein Schlitten ist nämlich neu, und ich muss gut auf ihn aufpassen.«

»Dann darf ich aber das nächste Mal fahren«, sagte Finchen. »Du hast gesagt, dass ich darf, wenn ich ihn den Berg hochziehe. Du hast es versprochen.«

»Habe ich nicht«, sagte Lena. »Ich habe dir nur den grünen Plastiksack geschenkt.«

»Du hast es wohl versprochen!«, rief Finchen. »Wir haben gestern nur das gespielt, was du wolltest, und heute habe ich den Schlitten getragen und den Berg hochgezogen! Du hast es versprochen!«

»Aber ich habe dir nicht mein Ehrenwort gegeben«, sagte Lena. Dann stieß sie sich mit den roten Gummistiefeln ab und fuhr los. Sie fuhr nicht schnell, denn sie hatte Angst. Die ganze Zeit bremste sie mit ihren Stiefeln und ließ den Schlitten erst gar nicht richtig in Fahrt kommen.

Finchen stand mit dem grünen Plastiksack oben an der Rodelbahn und schaute zu. Kreuz und quer zogen sich die Schlittenspuren über die glitzernde Bahn. An den

Seiten, wo die Bäume standen, stiegen die Leute den Hang wieder hoch. Die Schlitten zogen sie hinter sich her. Dann rodelten sie wieder hinunter. Lena, die mit ihren Stiefeln noch immer kräftig bremste, befand sich etwa in der Mitte des Hangs. Sie fuhr, so langsam es ging, und war allen anderen im Weg.

»Bahn frei!«, schrie Robert.

»Da-da-da-da-da-da. Da-da-da-da-da, Batman!«

Wusch... und er sauste an Lena vorbei. Lena rührte sich nicht von der Stelle. Sie fuhr nicht einmal mehr langsam. Sie hatte angehalten.

»Bahn frei!«, brüllte Stefan.

»Schubs sie an!«, rief Gerrit, dessen Schlitten hinten an Stefans hing. Wusch... und sie sausten an Lena vorbei. Aber Lena rührte sich nicht von der Stelle.

Oben an der Rodelbahn hielt Finchen noch immer den Plastiksack in der Hand. Lena fing an zu weinen.

Zwei andere Schlitten sausten an ihr vorbei. Wusch! Wusch!

Lena fing an zu brüllen.

Finchen schaute den Hang hinab, wo Lena festsaß. Die Schlittenspuren glitzerten in der Sonne. Sie waren vereist. Wer den Hügel hinunterzulaufen versuchte, würde ausrutschen und stürzen.

Lena brüllte und brüllte, aber Finchen wusste nicht, wie sie ihr helfen konnte.

Dann machte es wieder wusch. Jakob Kunstmann sauste auf seinem Schlitten den Hügel hinab. In der Mitte des Hangs bremste er ab und brachte seinen Schlitten direkt vor Lenas zum Stehen, damit sie nicht weiter nach unten rutschen konnte. Dann griff er nach ihrem Seil. »Setz dich hinter mich, ich bringe dich nach unten.«

Lena setzte sich hinter Jakob, und sie fuhren los. Lenas Schlitten zogen sie hinter sich her.

»Nicht so schnell! Du sollst nicht so schnell fahren!«, schrie Lena.

Jakob fuhr überhaupt nicht schnell. Er bremste die ganze Zeit mit den Füßen und glitt ganz langsam den Hügel hinunter. Kurz vor dem Graben am Fuße des Hügels kam der Schlitten zum Stehen.

Lena stand auf, schnappte sich ihren Schlitten und lief weinend nach Hause.

Oben auf dem Hügel stand Finchen und betrachtete die Schlittenspuren, die in der Sonne glitzerten. Als sie Lenas Schlitten nach oben gezogen hatte, war ihr warm gewesen. Jetzt aber fror sie. Außerdem hatte sie die Nase voll. Sie wollte Schlitten fahren. Sie wollte keine Heulsuse sein wie Lena, aber sie wollte, dass Jakob sie rettete und auf seinem Schlitten nach unten brachte. Jakob fuhr gerade mit Anna den Hügel hinab, in voller Fahrt, dass sie vor Freude lachte und schrie. Dann nahm er Tahara mit. Dieses Mal fuhr er langsamer, denn Tahara war noch nie Schlitten gefahren und hatte ein bisschen Angst. Finchen würde er nicht mehr mitnehmen, denn sie hatte nein gesagt, als er sie gefragt hatte.

Finchen hatte die Nase so voll, dass sie am liebsten geweint hätte.

Die Hand ohne Handschuh war eiskalt und tat weh. Sie war erschöpft, weil sie Lenas Schlitten getragen hatte. Sie hasste Lena, und sie hasste Jakob, und sie hasste sogar den Schnee.

Finchen war so erschöpft und unglücklich, dass sie den dummen Plastiksack auf den Schnee legte und sich darauf setzte, um sich ein wenig auszuruhen. Sie umklammerte ihre Beine und stützte das Kinn auf die Knie.

Gerrit und Robert kamen den Hügel hinauf. »Mach Platz«, sagte Robert. »Wir wollen von hier starten. Das ist die beste Stelle.«

»Ist mir doch egal«, sagte Finchen. Gerrit versuchte, sie wegzuschubsen.

»Wage es ja nicht, mich zu schubsen, Gerrit, sonst…«, setzte Finchen an. Da verschlug es ihr die Sprache. »Oh! Oh! Aaah!«, schrie sie dann.

Finchen rutschte den Hügel hinunter, schneller als der Wind. Der grüne Plastiksack sauste nur so über den harten, vereisten Schnee, schneller als jeder Schlitten.

»Hilfe!«, rief Finchen.

»Seht nur!«, schrie Robert, und alle hielten an und schauten.

»Ich kann nicht bremsen!«, schrie Finchen, die an den anderen Schlitten nur so vorbeiflog. Der Wind pfiff ihr um die Ohren.

»Super! Einsame Spitze!«, rief Jakob. »Was für eine Fahrt!« Alle jubelten und riefen durcheinander.

»Ich kann nicht bremsen!«, schrie Finchen, aber alle jubelten und riefen durcheinander, und es war so laut, dass niemand sie hörte.

»Ich kann nicht bremsen!«, schrie Finchen. »Ich kann nicht bremsen! Ich kann nicht … Ummbgh!«

›Ummbgh‹ sagt man, wenn man auf einem grünen Plastiksack einen Hügel hinunterrast und am Fuße des Hügels kopfüber in einen Graben stürzt, so dass die Stiefel in der Luft zappeln und der Mund voller Schnee ist.

»Ummbghagagummbgh«, sagte Finchen, als ihr die anderen aus dem Graben heraushalfen und sie versuchte, den Schnee aus dem Mund zu katapultieren. Dann entfernte sie noch den Schnee aus den Ohren, von der Mütze und aus den Stiefeln.

»Du siehst aus wie ein Schneemann«, sagte Gerrit.

»Und deine Nase ist so rot wie eine Mohrrübe«, sagte Robert.

Jakob klopfte ihr den Schnee vom Rücken. »Darf ich auch einmal mit dem Plastiksack rutschen?«, fragte er. Und Finchen erlaubte es ihm.

Alle wollten auf dem Sack den Hügel hinunterrutschen. Viele liefen kurz heim und kamen mit aufgeschnittenen Einkaufstüten oder großen Plastikmüllsäcken zurück. Jakob brachte einen Postsack von zu Hause mit, denn sein Vater war Postbote. Für die letzte Abfahrt banden sie alle Plastiksäcke zusammen, und dann rutschten sie in einer langen Reihe Seite an Seite hinunter und stürzten kopfüber in den Graben. Ummbgh!

»Ich habe vielleicht Hunger!«, sagte Gerrit. Alle anderen

hatten auch großen Hunger. Sie falteten ihre Plastiksäcke zusammen und liefen zum Abendessen nach Hause.

»Mama!«, rief Finchen und stürmte ins Haus. »Mama! Wir sind Schlitten gefahren und sind alle zusammen den Berg hinuntergerutscht, und alle sind in den Graben gefallen! Und dann …!«

»Um Himmels willen«, sagte Finchens Mutter.

»Um Himmels willen«, sagte Finchens Großmutter, die zum Abendessen gekommen war.

»Du siehst ja aus wie ein Schneemann«, sagte Finchens Mutter. »Zieh die Gummistiefel aus.«

Finchen musste auch die Socken ausziehen, denn sie waren voller Schnee- und Eisklumpen. Da stand sie nun, auf der Fußmatte, den Mantel noch voller Schnee, die nackten Füße knallrot, und runzelte die Stirn, denn sie hatte ein schlechtes Gewissen.

Sie hatte ein schlechtes Gewissen, weil ihre Mutter den grünen Anorak in der Hand hielt und aus der Tasche einen braunen Handschuh zog.

»Nun«, sagte Finchens Mutter, »wo ist der andere Handschuh? Hast du ihn etwa verloren?«

Finchen schloss die Augen.

»Finchen«, sagte die Großmutter, »sei ein braves Mädchen und sag die Wahrheit.«

In Finchens Brust machte es bum! bum! bum! Sie wagte nicht, die Augen zu öffnen, denn sie traute sich nicht, die Wahrheit zu sagen.

»Nun?«, sagte Finchens Mutter. »Ich frage dich nicht noch einmal. Wo ist der andere Handschuh?«

Vor lauter Angst hielt Finchen die Luft an und die Augen fest geschlossen. Sie tat so, als ob sie in ihrer Tasche nach dem Handschuh suchte. Plötzlich riss sie die Augen weit auf, und aus der Jackentasche zog sie – einen braunen Handschuh!

»Kein Wunder, dass du deine Handschuhe nie findest«, sagte Finchens Mutter, »wenn der eine in der Tasche von dem blauen Mantel steckt und der andere in deiner Anoraktasche. Wenn der hier trocken ist, dann roll sie zusammen und leg sie in die oberste Schublade.«

»Und in der Zwischenzeit kannst du mal diese Handschuhe probieren«, schlug Finchens Oma vor.

Und sie reichte Finchen ein Paar herrlich weiche Fausthandschuhe mit Streifen in allen Farben des Regenbogens und eine passende Bommelmütze und einen passenden Schal.

»Soll ich euch was sagen?« Finchen lächelte glücklich. »Jetzt kann mich jeder sehen, wenn ich in eine Winterlandschaft hineingemalt werde. Und soll ich euch noch was sagen? Ich werde diese Handschuhe nie, nie, nie verlieren!«

Und ob ihr es glaubt oder nicht, diese Handschuhe hat Finchen tatsächlich nie verloren.

Bitte beachten Sie
auch die folgenden Seiten

Kinderbücher von Anne Fine im Diogenes Verlag

Kuh-Lotto

Mit Bildern von Gabriele Kernke
Aus dem Englischen von Erica Ruetz

Fräulein Mirabelle ist einfach die tollste Lehrerin, die Lance je hatte. Aber die Direktorin, Frau Spick, findet Fräulein Mirabelle untragbar. Und dass ihr für das bevorstehende Schulfest nichts einfällt, was sie mit ihrer Klasse beitragen könnte, wundert Frau Spick überhaupt nicht! Ein guter Vorwand, um diese unmögliche Person mit ihren Klapperabsätzen und ihren Rüschenröcken endlich loszuwerden...

»*Kuh-Lotto* ist eine Geschichte, so originell wie Fräulein Mirabelle. Wer die witzigen Persönchen gesehen hat, die Gabriele Kernke zur Illustration gezeichnet hat, und die Kapitelüberschriften gelesen hat, der wird nicht ums Lesen drumrumkommen.«
Susanne Kippenberger / Der Tagesspiegel, Berlin

Bills neues Kleid

Mit Bildern von Gabriele Kernke
Deutsch von Barbara Heller

»Eines Tages stellt Bill fest, dass er ein Mädchen ist und findet sich in einem rosa Kleid wieder. Alle Welt tut, als sei es das Normalste überhaupt – nur Bill wundert sich, dass die Welt für Mädchen so ganz anders ist... Ein amüsantes Buch für Leser jeden Alters und jeden Geschlechts.« *Saarländischer Rundfunk*

Zaubernebel

Mit Bildern von Gabriele Kernke
Deutsch von Ursula Kösters-Roth

Eines Morgens findet Jeanie auf dem Weg zur Schule einen Ring. Als sie daran herumspielt, erscheint in einer glitzernden Nebelschwade ein dickes Männchen mit Pluderhosen und Schnabelschuhen und behauptet, der ›Geist des Ringes‹ zu sein. Der Kleine besteht darauf, Jeanie jeden Wunsch zu erfüllen, und Jeanie wünscht sich einen ›einzigartig schönen Tag‹. Doch von so einem Tag hat der Geist des Ringes seine eigenen Vorstellungen…

Tagebuch einer Killer-Katze

Mit Bildern von Steve Cox
Deutsch von Barbara Heller

Okay, okay. Dann hängt mich eben. Ja, ich habe den Vogel umgebracht. Verdammt nochmal, ich bin nun mal eine Katze. Es ist sozusagen mein Job, den Garten nach süßen kleinen Vögelchen abzusuchen, die kaum von einem Zaun zum anderen flattern können. Was soll ich denn machen, wenn eins dieser armen kleinen Federbälle sich geradewegs in meinen Rachen stürzt?

So beginnt das Tagebuch einer Killerkatze, die so entsetzlich ›mordgierig‹ ist, dass ihre Besitzerin Ellie fast verzweifelt. Als das Nachbarskaninchen tot und leicht zerfleddert aufgefunden wird, steht die arme Kuschel natürlich sofort wieder unter Verdacht. Aber kann sie es überhaupt gewesen sein?

Ein Engel in der Schule

Mit Bildern von Gabriele Kernke
Deutsch von Barbara Heller

Wie herrlich könnte es in der Schule sein, wenn Leute wie Barry Hunter in Schach gehalten würden, wenn man in Ruhe arbeiten, die Pausen genießen und einfach einen ganz normalen Schultag verbringen könnte. Doch da taucht Celeste auf: ein engelhaftes Wesen mit blonden Löckchen und veilchenblauen Augen. ›Die mach ich fertig‹, denkt Barry Hunter. Aber da ist er bei Celeste ein für alle Mal an die Richtige geraten.

»Ein zauberhaft geschriebenes Kinderbuch.«
Karin Oehmigen / Schweizer Illustrierte, Zürich

Ein total verrücktes Huhn

Mit Bildern von Gabriele Kernke
Deutsch von Barbara Heller

Von Geburt an wurden die Hühner auf der Gräulich-Farm in Ställen gehalten, in denen es keine Fenster gab, in winzigen Käfigen, die ihnen nicht einmal genug Platz ließen, um die Flügel auszubreiten. Und so wäre es Generationen von Hühnern auf dem Gräulich-Hof weiterhin ergangen, wenn nicht eines Nachts die kleinen grünen Männchen gekommen wären und die Hühner befreit hätten …
Ein verrücktes und kluges Kinderbuch zum Thema artgerechte Tierhaltung.

Punky Mami

Mit Bildern von Gabriele Kernke
Deutsch von Barbara Heller

Es ist nicht einfach für Minna, die einzig Vernünftige in der Familie zu sein. Ewig muss sie auf ihre Mutter aufpassen. Sonst liefe doch wieder alles schief: Die Zahnarzttermine würden vergessen werden, das Haushaltsgeld ginge für verrückte Klamotten drauf, das Goldfischaquarium würde nie geputzt werden. Und – mal ehrlich – wie würdet ihr euch denn fühlen, wenn eure Mutter knallblaue Haare hätte und mit lila Netzstrümpfen herumliefe?

Goldnebel

Mit Bildern von Gabriele Kernke
Deutsch von Ursula Kösters-Roth

»Etwas wegwerfen? Unmöglich!«, findet Toby, als seine Mutter energisch verlangt, dass er endlich sein Zimmer entrümpelt. Doch als er die alte Messinglampe unter seinem Bett hervorkramt, entsteigt ihr der Geist Hassan und erteilt ihm eine Lektion in Sachen ›haben wollen‹ und ›brauchen‹.

»Anne Fines Bücher machen den grauen Alltag bunter.«
Ortwin Löwa / NDR, Hamburg

Susanna Tamaro
Der Zauberkreis

Ein Märchen für große und kleine Kinder
Mit Bildern von Tony Ross
Aus dem Italienischen von Ulrich Hartmann

Was passiert, wenn hundert Elefanten ein Jahr lang nur Bohnen fressen? Und wenn sie dann alle zusammen von einem Trampolin herunterspringen? Es kommt zur kosmischen Pupserei, die sich Seine Speckige Ferkeligkeit Wabbel I. ausgedacht hat, um die letzten Gegner hinwegzufegen, die sich seinem Vorhaben widersetzen: Alles will er mit seinen gigantischen Bildschirmen, seinen Hyper-Mega-Supermärkten, Wolkenkratzern und Parabolantennen bevölkern und die Natur zubetonieren. Doch Rick, ein kleiner Findling, der in der liebevollen Obhut einer Wolfshündin und eines klugen Affen im paradiesischen Zauberkreis aufgewachsen ist, hat Freunde, die ihm beistehen. Im Verein mit Amalia Zwiebeldick, Akrobatin im Ruhestand, und der Katze Dodo, Königin der Müllcontainer, nimmt er es mit dem ferngesteuerten Heer Seiner Speckigen Ferkeligkeit auf.
Ein Plädoyer für menschliche Gefühle, für Wärme, Liebe und Geborgenheit in einer Welt, die von anonymen Mächten regiert zu werden droht.

»Susanna Tamaro hat ein wunderbares Jugendbuch geschrieben, absurd und komisch zugleich. Ein wichtiger Roman, der die Macht der Medien anprangert und auf die Kraft der kindlichen Phantasie setzt.«
Brigitte, Hamburg

Susanna Tamaro

Der kugelrunde Roberto

Aus dem Italienischen von Maja Pflug

Seine Eltern sind ständig unterwegs, geschäftig, auf ihre Figur bedacht, ungeduldig. So bleibt Roberto als einziger Freund in der leeren Wohnung nur Kühli, der Kühlschrank. Dessen verständnisvolles Brummen und die Köstlichkeiten in Kühlis Innerem trösten den Jungen – doch die Mutter hält nichts von Kummerspeck und steckt ihn in ein Abmagerungsinstitut, in dem man die Kinder grausam quält. Nichts bekommen sie zu essen, werden aber ständig in Versuchung geführt: Beim Joggen müssen sie Rucksäcke mit ihren Lieblingsspeisen tragen, und wehe, sie naschen davon, dann werden sie eingekerkert und müssen die leckersten Düfte ertragen, ohne auch nur einen Bissen zwischen die Zähne zu kriegen! Roberto aber gibt sich nicht so schnell geschlagen. Er flieht in den Wald, begegnet einem Erfinder und vollbringt Heldentaten…

»Roberto besteht ungewöhnliche Abenteuer, um sich das Recht zu erkämpfen, so zu sein, wie er ist. Für die kleinen Leser ein lustiges, phantasievolles Buch, für die Großen auch erschütternd.« *La Stampa, Turin*

»Schlau und schelmisch.« *Il Resto del Carlino, Bologna*

»Ein Manifest gegen die Tendenz zum ›Plastikkörper‹, gegen den beängstigenden Imperativ, dass alle Leute mager, glatt, fest, parfümiert und möglichst jung sein sollen.« *L'Indice, Rom*

»Susanna Tamaro ist eine hinreißende Fabuliererin mit frischer Phantasie, Poesie und Witz.«
Barbara von Becker/Süddeutsche Zeitung, München

»Susanna Tamaro verarbeitet literarisch und psychologisch geschickt die Sehnsüchte einsamer Kinder.«
Brigitte, Hamburg

Kinderbücher von Joan Aiken im Diogenes Verlag

Prinz Koriander und die Trolle aus der Tiefkühltruhe

Mit Bildern von Babette Maeder
Aus dem Englischen von Michaela Link

Hinten im Geschirrschrank, hinter der Zuckerdose und den Suppenschüsseln, liegt Elfendorf. Bei Tag ist es unsichtbar, nur nachts, wenn man genau hinsieht, kann man es glühen sehen. Eines Nachts war ganz Elfendorf in Aufregung: König Korodil hatte seine Krone verloren. Und da er laut Elfengesetz ohne Krone nichts, aber auch gar nichts tun darf, außer vor sich hin grummeln, machten sich alle Elfen und sein Sohn Koriander sofort daran, die Krone zu finden.

»Joan Aiken erstaunt mit einer bis ins letzte Detail durchkomponierten Elfenwelt, die groß und klein in ihren Bann zieht. Ein Vorlesespaß für die ganze Familie!« *Der Bund, Bern*

Der Winterschlafwandler

Mit Bildern von Babette Maeder
Deutsch von Renate Orth-Guttmann

Ein winterschlafwandelnder Bär, fliegende Besen, ein Mädchen, das sich jedes Wochenende in eine Schlange verwandelt, ein Korb voller Wasser – in Joan Aikens Welt der modernen Zaubermärchen ist nichts unmöglich!

»Joan Aiken schreibt mit der Genialität der geborenen Geschichtenerzählerin.« *The New Yorker*